千災雪消 천재 재앙이 눈처럼 사라지고
萬福雲興, 만 가지 복이 구름처럼 일어나서라.

바람 바람 바람

바람 바람 바람

초판 1쇄	2019년 02월 15일
지은이	김화성
발행인	김재홍
교정·교열	김진섭
마케팅	이연실
발행처	도서출판 지식공감
브랜드	문학공감
등록번호	제396-2012-000018호
주소	경기도 고양시 일산동구 견달산로225번길 112
전화	02-3141-2700
팩스	02-322-3089
홈페이지	www.bookdaum.com
가격	15,000원
ISBN	979-11-5622-432-7 03810

CIP제어번호	CIP2019002447
	이 도서의 국립중앙도서관 출판예정도서목록(CIP)은 서지정보유통지원시스템 홈페이지 (http://seoji.nl.go.kr)와 국가자료공동목록시스템(http://www.nl.go.kr/kolisnet) 에서 이용하실 수 있습니다.

문학공감은 도서출판 지식공감의 인문교양 단행본 브랜드입니다.

바람 바람 바람

Wish Wind Hope

김화성 지음

아내를 위하여

서문

『나는 왜 쓰는가』라는 글에서 조지 오웰은 그 동기로 네 가지를 꼽았다.

첫째는 남에게 자랑하고 인정받고 싶은 욕망

둘째는 미학적 만족

셋째는 역사적 사실을 남기려는 의무감

넷째는 정치적 목적이다

정치를 하려고 마음먹었다면 삼십 대 초반에 뛰어들었을 것이다. 기회도 많았고 최근까지도 함께 하자는 요청도 있었다. 거절했다. 무엇보다도 나는 그런 깜냥이 못 된다.

그리고 공인이 된다는 것은 옷을 활딱 벗어부치고 광장에 나서는 일인데 그런 불편한 직업을 뭣 하러 선택하나!

정치란 나를 위한 게 아니라 다른 사람들의 요구와 주장을 대행해 주고 그들의 점수를 확인받는 허업(虛業)인데!

체질상 나에게 어울리지 않고 자유로운 영혼을 추구하는 내 기질에 맞지 않는 일이다. 때문에 넷째는 아웃!

바람 바람 바람

기록관으로서 의무감? 내가? 당치도 않다!

지나가는 개도 웃는다.

나는 그렇게 정리 정돈된 사고를 갖고 있지 못하다.

그리고 그런 지적 자산과 밑천이 내겐 없다. 그 분야의 밑천이라 함은 예컨대 끈기와 인내심을 말하는데 나는 이게 아예 없다. 고로 셋째 너도 아웃!

남은 둘 중에 하나인 거 같은데

남에게 자랑하고 인정받고 싶은 마음은 누구에게나 있다.

하지만 그런 현시욕은 글 쓰는 방법 말고도 내겐 많다.

드러내 보인다는 것은 남의 표적이 되겠다고 자처하는 것이다. 부자들이 절대 돈 자랑하지 않듯이. 그리고 글 한두 편 쓰면 재고가 바닥이 드러날 판에 언감생심 가당찮은 일이다. 첫째 이유와 비슷하니 이놈도 결국 아웃!

그렇다면 한 놈만 남았는데 미학적 만족이라!

그런 고상한 취미가 내게 있는지는 모르겠다.

하지만 그런 이유를 들이댄다면 내 친구와 아우들이 구라치지 말라며 비웃을 것이다.

그럼 왜 썼냐고? 나도 모른다!

아내한테 정신적 유폐를 당할 때마다 썼으니까!

몇 개월 걸리지도 않고 서른 몇 꼭지를 썼으니 짧은 시간에 무던히도 깨진 셈이다. 깨지고 버려질 때마다 억울하고 분해서 썼다.

내가 글 쓰는 재주가 있는지 또는 깊이가 있는지는 모른다.

다만 글을 쓴다는 자체가 대리배설의 기능이 있다는 것을 처음 알게 되었고 그럭저럭 재미도 좀 있다.

운동선수가 운동을 통해서 몸의 근육을 만드는 재미가 있듯이 사고(思考)를 통해 생각의 근육과 맷집을 만드는 재미도 쏠쏠하다. 그게 미학적 만족이라 규정한다면 그럴 수도 있겠다.

몰래 몰래 숨어서 글을 썼고 그 글 꼭지들을 만지작거리던 어느 날, 수상한 내 모습을 훔쳐보던 아내가 출판사에 한 번 보내보라고 한다. 아내는 칭찬에 인색한 사람이다. 아내가 원고를 보내보라고 할 때는 나름 계산이 있었을 것이다. 인터넷에 들어가 국내 유수의 출판사 십여 군데에 원고를 보냈다. 서너 군데에서 먼저 연락이 왔다. 가장 빨리 연락 온 곳이 '지식공감' 출판사였다. 지식공감 김재홍 사장님은 배짱이 좋았다. 기획출판으로 가잔다. 기획출판이 나는 뭔지도 몰랐다. 다른 몇 군데 출판사에서도 그후 연락이 왔지만 나도 의리가 있는 사람이다.

하지만 막상 책이 세상에 나간다 생각하니 갑자기 두려운 생각이 든다. 자식새끼 키워서 세상에 내보내는 부모심정이다. 욕이나먹지 않을까 걱정이고 부실한 자식 키워 세상을 어지럽혔다고 손가락질받지 않나 솔직히 염려스럽다.

나는 도망가는 방법을 다 연구 해 놓았기 때문에 크게 염려는 안 하지만서도 세상을 어지럽히고 사람들을 미혹시켰다고 한다면 미안할 따름이다.

다만, 배운 것을 구부려 세상에 아부하려 하지 않았으니 혹시라도 독자께서 기분 나쁘셨다면 하량으로 용서 있으시라!

앞으로도 이따위 잡글을 또 쓸 거냐고 물어본다면 잘 모르겠다고 말하겠다. 지속 가능성을 타진해 보지 않았기 때문이다. 그건 순전히 아내한테 달렸다. 아내가 나에게 기관총을 난사하거나 접시를 깬다면 또 숨어서 아내의 흉을 볼지는 모르겠다. 원인이 멈추면 결과도 멈추기 때문이다.

하지만 "계속해서 써!" 라고 아내가 명령한다면 나는 써야 한다. 왜냐하면 나도 먹고 살아야 한다.

"뭐라고 제목을 잡아야 하지?"라고 묻자

팔장을 끼고 있던 아내는 눈을 내리깐 채

"왜, 당신 잘하는 거 있자나? 바람! 바람바람바람! 좋네~?!"

내 인생의 후반부는 아내에게 근저당이 다 설정되어있다.

바람 바람 바람

마지막으로

이 자리를 빌어 사랑하고 존경하는 나의 아내와 나의 가족 그리고 나와 인연이 되는 모든 분들에게 감사하다는 말을 꼭 전하고 싶다.

2019년 1월
익산 아프리카 까페에서

'누가 있어 이 손을 잡으려 하는가!
잡았다 한들 바람인 것을!'

목차

세번째 바람, HOPE

첫번째 바람,

WISH

어머니

▼
▽
▽

"엄마하고 아빠하고 몇 살 차이댜?"
"일곱 살 요!"
"아니, 그렇게나 차이 나는데 어찌 꼬셨다냐?"
"그러게나말여~!"

올해 아흔 아홉이신 장모님께서 손녀인 둘째 딸과 나누는 대화
입니다.

코감기에 목감기까지 걸려 갱신을 못하는 장모님을 동산병원에
모시고 갔습니다. 영양제와 치료제를 처방받고 집에 돌아오니 늦
은 오후, 몸이 좀 우선해지자 가래 끓는 목소리로 손녀와 간간히
대화를 이어갑니다.

"어찌 꼬시고 어찌 당했스꼬?"

"순진하니께 낚인 거여, 할머니!"

꼬시다니!

그것도 몇 달만 지나면 100살인 장모님 입에서 젊은 애들의 입에서나 나올 수 있는 그런 단어들이 거침없이 튀어나온다는 사실에 나는 실소를 금할 수 없었습니다.

주관적인 기억의 잣대로 기억하고 싶은 것만 기억한다는 '라쇼몽 효과'처럼 장모님은 아내와 내가 일곱 살 나이 차이라는 걸 몰랐던 것일까?

그럴 리가 없습니다.

아들딸 낳고 이미 30년째 살고 있는 사위에게 들으라고 눙치는 소리입니다. 장가 잘 간 줄 알라는 장모님의 노회한 간접화법입니다. 하지만 그 복화술과 같은 표현의 내면에는 애정과 감사의 마음 또한 듬뿍 실려 있다는 사실을 나는 잘 알고 있습니다.

마흔다섯에 집사람을 낳으셨으니 그 당시 장모님의 출산은 노산의 기준을 훌쩍 넘긴 셈입니다. 한 세기를 사시면 체면도 염치도 퇴화될 법하건만 막내딸 낳았던 얘기를 끄집어내면 장모님은 지금도 소녀처럼 수줍어합니다.

장모님은 당신 나이 쉰에 남편을 먼저 보내고 홀로 그 큰 사업을 도맡아 하실 정도로 배짱과 수완이 보통이 아니셨습니다.

바람 바람 바람

거짓말 하나도 보태지 않고 손주들이 오십여 명 가까이 되는데도 손주들 용돈 주실 때 쩨쩨하게 오천 원, 만 원짜리 내놓지 않습니다.

2만 원, 3만 원이 기본이며 기분 좋으시면 5만 원까지 올라갑니다.

웬만큼은 알지만 어머니의 마음을 한 번 더 확인해보자는 마음으로 은근슬쩍 대화에 끼어들었습니다.

"아니, 그렇게 나이 차이가 많이 나는데 어찌 딸을 내주실 생각을 하셨대요, 어머니?"

"친절하니께! 친절하니께 그냥 내주고 말았지!"

"후회하세요, 어머니?"

"후회는 무신! 이젠 할 수 없지, 뭐!"

지혜롭고 장난기 많은 어머니는 당신의 농을 잘 알고 계십니다. 큰딸 내외가 사돈 내외를 모시고 익산에 오신 날, 큰딸은 할머니 용돈을 깜빡하고 미처 드리지 못했습니다. 역시 작은딸하고 대화를 나누던 중, 작은딸이 "할머니! 세월이 참 빠른 거 같아요!" 라고 말하자 한참 뜸을 들이던 어머니는 "응, 그려~! 세월이 차암 빨라! 그란디 세월이 아무리 빨라도 나는 누가 용돈 주고 가는지는 다 알아~!"

깜빡 잊어먹고 주방에서 식사하던 큰딸은 깜짝 놀라 바로 용돈을 챙겨 드렸습니다. 간접화법과 밀당의 고수인 어머니를 이겨 먹는 사람은 없습니다.

따지고 보면 장모님과 함께 살게 된 것은 아들을 낳고부터입니다.

첫째와 둘째를 딸로 낳고 아들을 거의 포기하고 살 때, 새벽마다 남모르게 목욕재계 하시고 한겨울 백일기도를 끝내자마자 어머니는 집에 오셔서 우리에게 명령하셨습니다. "낳아라!"

또 딸을 낳을지도 모른다는 우려가 있었기 때문에 단산했던 우리는 순종했고 둘째를 딸로 난 지 8년 만에 아내는 기적같이 아들을 낳았습니다.

지금의 늦둥이 아들은 그렇게 해서 이 세상에 오게 되었습니다.

목욕시키고 기저귀 갈아주신다며 우리 집에 눌러앉으신 게 21년째니까 어머니의 전략과 작전은 기가 막히게 적중한 셈입니다.

아내의 언니들과 큰 오빠가 익산에 함께 살고 있고 늦둥이 아들이 이미 장성을 했어도, 어머니의 회귀본능은 퇴화되어 버렸고 우리 집안의 절대군주로 군림하고 계십니다. 오라 하면 와야 하고 가라 하면 가야 합니다. 일어날 때 문안 인사해야 하고, 나들이할 때 인사 올려야 합니다. 스무 살 먹은 아들이 서너 번 항명하다가 밀당의 고수인 장모님 앞에서 눈물 콧물 다 짜고 항복하고 말았습니다.

바람 바람 바람

"순종에는 조건이 없다!"라고 내가 엄명했기 때문입니다.

'순종은 제사보다 낫다'라는 말을 나는 믿습니다.

돌아가신 뒤 진수성찬으로 제사 지내는 것보다 살아생전 순종하는 것이 부모님에 대한 도리입니다.

나는 우리 장모님께 결코 갚을 수 없는 은혜를 입었습니다. 전도불량한 늙다리 대학생에게 금지옥엽처럼 키운 딸을 내준다는 것은 쉬운 결정이 아니었습니다. 처가 식구들이 다 반대했을 때도 어머니만큼은 아무 말 없이 나를 받아들이셨습니다. 그리고 거진 포기하고 살았던 아들까지 우리 부부에게 점지해 주셨기 때문입니다.

장인은 결혼 전에 이미 돌아가셨고 나의 부모님 또한 두 분 다 일찍 돌아가셔서 장모님은 나에게는 친어머니 이상이었고 우리 애들에게는 유일한 할머니셨습니다. 당연히 태극기보다 높고 하나님 부처님보다 더 존귀하신 분입니다.

허리가 90도로 꺾이시고 나무늘보처럼 불편하게 이동하셔도 장모님이신 나의 어머니는 가슴이 메이지 않고는 내 평생 결코 부를 수 없는 이름입니다.

그 옛날 이리 중앙교회에 대형 종탑도 헌납하셨고, 평생 왼손이 하는 일을 오른손이 모르게 하라는 성경 말씀처럼 어머니는 주위 사람들에게 수많은 선행과 자비를 베푸셨습니다.

단 한 번도 당신의 선행을 공치사하거나 자신을 내세우는 분이 아니셨습니다. 행동으로 실천하는 분이셨고 그 사실이 밝혀진 뒤에야 어머니의 깊은 뜻을 알게 되는 경우가 태반이었습니다. 당신의 선행도 조용히 그리고 아무도 모르게 하셨습니다.

어머니 연세 아흔셋에 우리 집 가정부의 꼬임에 빠져서 여호와 증인으로 옮겨 가실 때 집안에서 난리가 났습니다. 아내를 포함해 처형들이 다 쫓아와 소매를 걷어붙이고 집안 망신이라고 뜯어말렸습니다.

"어머니의 뜻을 거역하는 자, 모셔가 섬기시오!"

내 한마디로 법석은 쫑이 났습니다.
신이 존재한다면 하나일 테고 그마저 있을지 없을지도 모르는 마당에 그분이 어떤 이름으로 불리고 어떤 방법으로 섬기든 그게 싸울 일이냐는 게 내 생각입니다.
여호와 증인이 무엇인지도 모르셨으나 성경도 하나요 하나님도 한 분이라는 어머니의 철학에 나는 충분히 동의되었기 때문이었습니다.
그 후로 삼기로 택시 대절하여 익산 시내 모처 여호와를 증인하러 왕궁인가 황궁인가로 주일마다 가십니다.

바람 바람 바람

어머니는 나를 대장이라고 부르십니다.

감정표현을 극히 자제하는 분이지만 연전에 내게 딱 한마디 하신 게 기억에 남아 있습니다.

"대장! 사람과의 관계는 핏줄과 같은거여~ 내가 아무리 잘해도 상대방이 불편하면 핏줄이 막히는 뱁이여~!

그러면 나도 아파~! 내가 먼저 풀어야 혀~!"

한 세기를 사신 어머니의 이 한마디는 내게 각골이 되어 삶의 지표로 남아있습니다.

남자는 철들면 죽는다고

나는 철들 마음이 추호도 없습니다.

아내에게 탕감받기 어려운 잘못을 할 때마다

아프지도 않은 어머니를 등에 업고 나는 병원으로 뜁니다.

치사하게 온갖 과장법을 동원하여 아내에게 공치사를 던집니다.

"여보! 나, 잘했지?"

"왜, 또 사고쳤어?"

- 삼기산 호접몽

플레이보이

"性에 대한 위선적인 생각을 바꾸는 데 어느 정도 역할을 했고 또 그렇게 하는 동안 많은 재미를 본 인물로 기억하기 바란다."
휴 헤프너(Hugh Hefner)의 촌스런 묘비명입니다.

지구상 인물 중 내가 존경하는 인물 중 한 사람인 휴 헤프너가 어제 갔습니다. 정말, 자알 놀다가 갔습니다.

대학교를 중퇴하고 부모와 지인들로부터 8천 달러를 빌려 플레이보이 잡지를 창간해서 거부가 된 휴 헤프너는 밤마다 파티를 열고 세 번의 결혼과 이혼을 하고 영화배우, 모델 가리지 않고 수천 명의 여인과 염문을 뿌리다 아흔한 살의 나이로 영원히 갔습니다. 죽어서도 마릴린 먼로 옆자리에 누워 희희낙락하며 살게 생겼습니다.
전생에 지구를 구하지 않고서야 이런 인생으로 태어날 수 없을 것입니다.

바람 바람 바람

초등학교 땐가, 동네 건달 형의 가방 속에 있는 이 잡지를 몰래 훔쳐보다가 나는 거의 숨이 멎을 뻔했습니다.

품 안에 감추고 도망치듯 그 집을 빠져나와 우리 집으로 위치이동을 시키고 잡지가 너덜거릴 때까지 숨어서 나는 열공했습니다.

그때, 나는 다짐했습니다.

나도 이런 잡지를 꼭 만들어 팔아야겠다고…!

이 분야로 사업해서 꼭 성공하겠노라고 말입니다.

얼마 지나지 않아 도색잡지 판매와 같은 사업은 우리나라에서는 결코 가능하지 않다는 사실을 알게 되었고 그로 인해 나는 깊은 절망에 빠졌습니다.

거의 사십 몇 년 전 일입니다.

하기야 마광수 교수가 1977년에 '즐거운 사라'를 발표하고 바로 깜빵에 갔으니 나는 빨라도 너무 빨랐습니다.

性에 관한 한 곰방대와 삿갓문화가 뼛속 유전자로 남아있는 우리나라에서는 가능한 일이 아니었고 성은 허리 아래와 이불 속에 꼭꼭 숨겨져 있어야 하는 것이었습니다.

"따뜻하고 비밀스러운 피부를 그의 손가락이 애무하며 그는 말했다. 그는 얼굴을 내려서 그의 볼을 그녀의 배와 허벅지에 비비고 또 비볐다. 그녀는 그의 볼을 자기의 허벅지와 배와 엉덩이로 미끄러져 가는 것과 그의 콧수염의 부드럽고 숱이 많은 머리카락을 느끼면서 무릎이 떨리기 시작했다.”

『채털리 부인의 사랑』의 한 구절입니다.

1927년, 우리나라 점잖은 사람들이 곰방대를 물고 도포자락 휘날리던 그 시절에, D.H 로렌스가 이 작품을 발표하자 점잖은 영국사회가 발칵 뒤집어졌습니다. 하지만 그 형님은 깜빵을 가거나 손가락질받지 않았습니다. 우리나라 같았으면 주리를 틀고 육시를 당하고도 남았을 것입니다.

여담이지만, 나는 대학에서 영문학을 전공했습니다. D.H 로렌스는 나의 전공 중 한 분야였고 이 형님의 '소설'들을 셰익스피어의 '희곡'보다도 훨 재미지게 읽었습니다.

이 형님이 남긴 유명한 말이 있습니다.

“외설이란 성과 육체를 정신이 경멸하고 두려워하고, 육체가 정신을 혐오하고 저항할 때 생긴다.”

좀 어렵게 말씀하셨지만, 나는 예술과 외설을 좀 더 명확히 말할 자신이 있습니다.

'옆구리에 그냥 끼면 예술, 검은 비닐봉지에 싸면 외설!'

여자는 옷을 어떻게 입을까 고민하고 남자는 그 옷을 어떻게 벗게 할까 고민하는 존재입니다. 하지만 남자들의 다양한 학설(Dogma)에도 불구하고 성(性)은 성(聖), 그 자체라는 진리는 변함없는 사실입니다.

　　　　　　　　　　　　　　　　바람 바람 바람

'아름다움은 선보다 멀리 간다. 쾌락충동과 도덕규범이 충돌할 때, 네 욕망을 포기하지 말라'고 프랑스 철학자이자 정신 분석학자 자크 라캉(Jacques Lacan)은 말합니다. 신학자들이 들으면 쌍지팡이 들고 쫓아올지 모르겠지만

인간의 욕망은 현실세계에서 추구할 수 있는 욕구(Demand)와는 기본적으로 다릅니다. 욕구는 생물학적으로 충족될 수 있는 식욕이나 성욕을 의미하지만 욕망은 그런 기본적인 욕구로 충족될 수 없는 형태의 더 큰 나머지를 의미합니다.

좀더 구체적으로 들어가자면 욕구는 무엇이 결핍되어 있는 상태에서 '무의식적으로' 그 결핍된 부분을 채우고 해결하려는 심리이고 욕망은 자신이 결핍된 상태를 인지하고 '의식적으로' 그 부족 상태를 채우고 해결하려는 것으로서 욕구보다 더 많은 형태의 것을 요구합니다. 라캉은 말하길 인간은 태어나면서 어머니의 몸에서 떨어져 나가면서 느끼게 되는 좌절과 분리불안, 그리고 거기에서 오는 순수한 결핍감이 욕망의 근원이 되고 이 욕망이 인간을 살아가게 하는 동력이 되고 삶의 에너지가 된다고 설명합니다.

따라서 광기에 가까운 순간적인 감정과 욕정, 그것은 결코 사랑이라고 말할 수 없는 욕구의 한 형태에 불과합니다. 육체란 영혼을 담고 있는 그릇입니다. 영혼이 요구하는 다양한 방식에 따라 육체는 반응하기 마련입니다. 하지만 진정한 의미의 사랑이란 건강한 육체와 아름다운 영혼의 결합된 형태의 성을 의미합니다.

그러나 인간은 결국 에로틱에서 벗어날 수 없는 존재!

1953년도에 플레이보이 잡지를 창간한 휴 헤프너가 그 잡지를 통해 남자들의 욕구와 욕망을 얼마만큼 대리배설 해 주었는지 나는 관심이 없습니다.

다만 CNN과 인터뷰에서 수십 명의 아름다운 금발의 바니걸들을 옆에 앉히고 마도르스 모자에 전혀 어울리지 않는 빨간 파자마 차림으로 나와 "나는 절대 자라지 않을 것이다. 나는 소년으로 머물 것이다."라고 말하던 여든둘의 휴 헤프너의 치기와 그것조차 받아들일 수 있는 미국이라는 나라의 성문화와 환경이 부러웠을 따름입니다.

그리고 통제할 수 없는 것을 통제하기 위해 각종 제도와 장치를 개발하여 인간의 욕망을 억압하고자 했던 한국의 문화정책과 성에 관해 터부시했던 근대문명에 대하여 삼가 근조(謹弔)를 표하고자 합니다.

"헤프너가 천여 명의 여인들과 로맨스는 있었어도 결혼은 딱 세 번밖에 하지 않았네? 와~! 대단하지? 마지막 결혼은 여든여섯에 했는데 60살이나 연하의 글래머였다네? 우와~ 쥐기네!!"

휴 헤프너의 사망소식을 읽고 있다가 아내가 옆에 있는 줄도 모르고 나는 무심코 방언이 터져 나왔습니다. 꿍 하는 소리와 함께 아내는 한심하다는듯이 나를 바라 봅니다.

바람 바람 바람

"당신은 헤픈너인지 헤픈놈인지 그 사람이 진정한 사랑을 알고 갔다고 생각해? 숫컷으로서의 능력은 출중했는지 모르겠지만 나는 그 영혼이 참 불행했을 거라고 봐! 헤프너가 성혁명을 가져왔을지 모르겠지만 재앙도 함께 가져왔다는 사실을 알아야 해! 노골적이고 자학적인 포르노와 끔찍한 성병, 가정파괴와 도덕적 타락 등 이런 사회적인 부작용에 대해 한번이라도 진지하게 고민해 봤어?"

"당신이 무슨 의도를 가지고 헤프너 영감의 살아생전의 여성편력을 들이대는지는 모르겠지만 의식이든 무의식이든 당신의 여성을 바라보는 시각에 대해서는 착한 사마리아인 안종욱 원장님에게 시력교정을 받을 필요가 좀 있다고 생각해!"

아내는 모든 남성들의 성에 대한 사고방식을 죄와 벌의 형태로 규정짓고 사랑하는 모든 사람들을 아프게 합니다.

"당신 사랑이 뭔 줄 알아?
사랑은 남의 여자 신경쓰지 말고 내 말에 귀 기울여 주는 거야. 아주 단순한 것을 어설픈 도그마 따위로 비약시키지 마. 하여튼 로맨스고 불륜이고 나는 다 용서할 수 없어! 알았지?"

노래방에서 내가 아내 앞에서 절대 부를 수 없는 금지곡이 딱 두 곡이 있습니다. '바람아 멈추어다오'와 '그대 이름은 바람, 바람, 바람'입니다.

아! 헤프너 형님!
다음에는 서로 바꿔 태어납시다.
나도 좀 헤프게 살다 가고 잡습니다.

— 2017년 삼기산 해픈너

인문학

'관자'

아내의 서재에 꽂혀있는 인문학 책들 중 하나다.

지금까지 살면서 철학자 중에 관자라는 사람이 존재했다는 사실을 들어본 적도 없지만, 책 겉표지에 설명이 적혀 있지 않았다면 동네 아줌마 이름이거나 음식에 들어가는 조갯살 정도의 일반명사거니 생각할 수밖에 없었을텐데 뚜껑을 열어 보니 중국 춘추전국시대의 제(齊)나라 '관중'에 관한 책이었고 고유명사였다. 물론 아내가 읽은 책이다.

아내는 인문학에 빠져 산다.

무슨 독서 모임인가를 만들어서 그 리더장을 한다는데 자신을 내세우거나 감투를 싫어하는 아내가 이 모임을 6년 가까이 지속시키는 것을 보면 아내야말로 대단히 성실한 사람임에 틀림없다.

갑자기 아내가 무서워지기 시작했다.

이 모임은 언제나 끝나는지 물어보니 아내는 한심하다는 듯이 쳐다본다. 독서의 끝이 어디냐고 물어보는 것은 밥숟가락을 언제 내려놓느냐 라고 물어보는 것과 똑같은 시답지 않은 우문이라고 대꾸하며 이제 겨우 고대(BC700~AD1000년)를 넘어 중세를 올라타기 시작했단다.

성학집요, 발해고, 노자, 장자, 아리스토텔레스, 플라톤, 오딧세이아, 사기, 파한집, 국가론, 의무론, 고려사절요, 조선상고사, 등등.

고전, 철학, 역사 등을 망라하여 이 팀들이 섭렵하는 인문학 서적들의 양과 부피 그리고 그 내용이나 난이도 등은 가히 놀라울 정도로 방대하고 어렵다.

책을 제법 읽었다고 자부하는 나도 그 제목과 내용을 보면 그야말로 새 발의 피다. 거짓말 하나 보태지 않고 내겐 수면제나 임시 베개로 쓰기에 딱 적합한 책들이다.

"왜, 그렇게 어려운 고전과 역사서들을 읽어?"

"응, 대간(大幹)을 알고 싶어서."

"대간이라니? 대변도 아니고."

"응, 큰 흐름, 큰 줄기를 알고 싶어!"

나는 아내의 입에서 그런 거창한 소리가 나온다는 게 신기했다. 나와 결혼하고 살림할 때 아내는 책뚜껑만 열면 십 초안에 잠이

바람 바람 바람

드는 부류의 인간이었기에 신사임당처럼 말하는 지금의 아내가 그때 그 여자인가 싶다.

한솥밥을 먹어도
아내의 입에서는 맑은소리가 나오고
내 입에서는 투박하고 야한 말이 튀어나온다.

그럴 수밖에 없는 것이 나는 주로 야한 소설만 골라 읽었기 때문이다. 어렸을 때부터 책 제목이나 목차에서 야한 내용이 없으면 쳐다보지도 않았다. 고등학교를 졸업하고도 그 취향은 별반 달라지지 않았지만 이러한 독특한 취향이 결국 잡독을 하게 된 계기가 되었다. 그나마 알량하게 스며든 지식도 그때 수확한 쭉정이 지식이 대부분이다.

마광수의 나는 야한 여자가 좋다, 즐거운 사라, 가자 장미여관으로
장정일의 내게 거짓말을 해봐
보카치오의 데카메론, 초오서의 캔터베리 이야기, 아라비안 나이트
채털리 부인의 사랑, 비겟 덩어리, 마담 보봐르
선데이 서울 등, 내가 읽은 책들은 거진 야시꾸리무리한 소설들이 대부분이다.

"당신도 이런 고전들을 좀 읽어봐요. 입만 열면 개똥 같은 얘기만 하지 말고!

이런 고전들을 좀 읽으면 당신도 사람이 좀 달라 보일 텐데. 남들은 당신이 순전히 변탠 줄 알아요!

정말 챙피해 죽겠어!"

최근 부부 모임에 나갔다가 돌아오며 아내가 내게 타박한 소리다. 입만 열면 음담패설 따위나 하는 이유는 순전히 소싯적 잘못된 나의 독서편식 때문이라고 아내는 타박을 하지만 콩 심은 데 콩 나지 팥이 나겠는가 말이다.

기실 나는 손에서 책 놓은 지가 몇 년이다.

핸드폰이 귀중한 독서 시간을 차압해 가고 있지만 디지털 중독이 된 나는 핸드폰 없이 단 하루도 살 수 없다. 해부하면 나의 뇌는 팝콘으로 꽉 차 있을 것이다.

우리 시대의 독서는 사실상 좆이 났다.

책을 읽을 시간도 없으려니와 책 좀 읽었다고 그 사람의 타고난 성향, 관념 또는 철학이 바뀌지 않는다.

타고난 저마다의 DNA라는 인프라 위에 살아온 환경과 읽고 배운 지식으로 그 사람의 지적체계가 거진 완성되었기 때문에 한 인간의 고유한 총체적 시스템은 웬만해서는 바뀌는 게 아니다.

그렇기 때문에 남편을 가르친다는 게 얼마나 무의미한 일인지

바람 바람 바람

아내는 잘 모르는 거 같다.

나이 들수록 여자들은 남편들을 왜 자기 등식화하려는 걸까!

처음 고를 때 잘 골라야 하고, 한 번 초이스 하면 꽝이라는 사실을 진정 모르는 걸까!

나이 들수록 여자들은 남자들에게 왜 눈칫세를 강제 징수하려는 걸까!

성실신고 자진신고 자진납세 방법도 있는데 말이다!

호르몬이 마술을 부려서일까 아니면 남자들이 알아서 기는 걸까!

앞으로도 20년은 족히 더 함께 살아가야 할 텐데 이런 역전된 문화를 인정하고 순응하며 계속 투덜대며 살아야 하는 걸까!

아내와 30년을 살아도 의문투성이다.

변변한 이의제기 한 번 못해보고 옹알이에 가까운 혁명을 꿈꾸다가 그 이유를 최근에야 알게 되었다.

20세기를 대표하는 철학자이자 역사학자인 윌 듀런트라는 사람이 쓴 『철학이야기』에 나오는 이야기다.

인류문명의 출발점이 된 농업혁명의 숨은 주역은 여자였단다. 열매나 나무에서 떨어진 씨앗에서 싹이 튼다는 사실을 알아차리고 남자들이 사냥하러 나간 사이 동굴이나 움막 주위에 씨앗을 심었고 실험이 성공을 거두면서 인간은 불확실한 수렵 생활을 마감하고 한데 모여 씨를 뿌리고 열매를 수확하는 농경 생활 단계로 진입했단다.

미개하고 야만적인 남자에게 여자의 마법 같은 손길이 닿으면서 비로소 문명이 탄생했고 남자는 여자가 길들인 마지막 동물이 되었다.

근육질을 뽐내며 잘난 척하지만, 사실은 여자들 손아귀에서 못 벗어나는 변변치 않은 존재란 것이다. 남자를 길들인 여자의 손길이 없었다면 인류는 이미 멸종했을지 모르고 그게 바로 '문명 탄생의 역사'란다.

그렇다!

남자는 이미 여자에게 길들여진 동물이고 잠깐 패 잡은 척하다가 영원히 항복하고 거짓 순응하는 척하다가 황천길로 먼저 가게 되어 있는 종족인 것이다.

"하던 설거지마저 하고 세탁물 꺼내서 건조대에 널어놔요. 그리고 바닥 한 번 더 닦아요. 알았죠?!"

"네, 여보!"

아~!
반란은 물 건너갔다.
역사의 긴 물줄기를 나 혼자서 바꿀 수는 없다.
이건 결코 내 탓이 아니다.

바람 바람 바람

저항과 마찰로 인해 야기될 수 있는 일시적인 불편함보다 아내의 치마폭을 병풍 삼아 순응과 굴종의 단맛을 선택하는 것이 훨씬 낫다는 결론을 내리고 그 '안주의 동굴'로 먼저 기어들어 간 소심남(小心男)들 탓이 더 크다.

그 결과 결혼 후 가장 두드러진 변화는 아내의 말은 길어지고 내 대답은 간결해졌다는 점이다.

이제 비밀을 하나 털어놓겠다.

'아내가 변하지 않을 거라 예상하고 나는 결혼했다.

하지만 아내는 변했다.

아내는 내가 변할 거라 예상하고 결혼했을 것이다.

하지만 나는 변하지 않았다.'

- 삼기산 자포

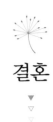

결혼

▼
▽
▽

"이 결혼은 절대 허락할 수 없다!"

나보다 네 살 많은 처남은 장인이 없는 집안 대소사의 결정권을 틀어쥐고 있었다. 동생과 결혼하겠다고 하자 아주 기분 나빠 죽 겠다는 표정으로 내게 뱉은 말이었다.

"큰오빠가 깐깐하고 보통 사람이 아니야. 자기가 한 번 가서 만 나 설득해봐!"

아내는 대학교 1학년 때 처음 만났다. 3학년 땐가부터 본격적 으로 사귀다가 졸업하고 서울로 취직되어 올라가 일하고 있던 나 는 거칠 것이 없었다.

곧 죽어도 무역회사 상사맨으로 근무하고 있었고 연봉도 괜찮 은 회사였다. 내가 담당하는 부서는 무역부로서 외국인 바이어들

바람 바람 바람

을 접대하고 세일즈 콘츄렉트를 맺는 일이었다.

영문과를 괜찮은 성적으로 졸업했지만 영어를 외국인 앞에서 말할 기회는 거의 없었다. 하지만 사장이 자동차를 내주며 김포 공항에 가서 외국인을 픽업해 오라는데 방법이 없었다. 손짓발짓 생존영어를 구사했고 외국인들이 알아듣는 척해줬다.

다행히 우리 회사의 제품 퀄리티가 워낙 좋았고 단가도 훌륭했 다. 특히 디자이너나 바이어 중에는 여자들도 있었는데 이상하게 나에게 관심을 주는 애들이 좀 있었다.

그중 디자인 상담하러 한국에 나왔다가 나에게 헤까닥 간 미쿡 여자⑦가 한 명 있었다. 키가 백팔십 가까이나 되는 '돌싱의 금발 여인'이었는데 미국으로 건너가 함께 살아 보면 어떻겠냐고 옆구 리 쑤시고 있는 판에 누구를 설득하고 자시고 할 것이 없었다.

다만 괜찮은 집안에서 곱게 자란 아내가 대학에 들어와 아무것 도 모르는 순진한 상태에서 남자라고는 나를 처음 만나 여러 해 살뜰하게 나를 관리 해 주고 있었고, 다른 좋은 조건의 혼처들이 있는데도 불구하고 시쳇말로 마늘 두 쪽 차고 있는 나를 초이스 해 준 점에 대한 '감사와 의리'라는 부채의식이 내겐 있었다.

그런 차원에서 응수타진 하러 갔기 때문에 설득과 이해라는 구 차한 코스로 간다는 게 영 개운치 않은 일이었다.

처갓집에서 장모님을 제외하고 모조리 반대하는 이유가 있었다.

경제력 없는 시어머니와 시누이 시동생 합쳐 도합 다섯에 아홉 평짜리 신혼 전셋집 한 칸이 달랑인 '늙다리'에게 곱게 키운 동생을 내준다는 게 영 탐탁지 않은 선택이었다.

꼽슬머리에 키도 짝달만하고 아긋뚱하게 생긴 전도 불량할 나 같은 애가 내 딸을 달라고 찾아온다면 나는 야구 방망이부터 찾았을 것이다.

거절한 게 미안했던지 술이나 한잔하고 가라며 술 한 잔을 쳐준다.

"왜, 안 준다는거요?"

"자네 하나만 보면 괜찮아 보이는데, 조건이 너무 안 좋아! 자네 조건이 좀 성숙 되면 그때 다시 와!"

큰처남은 완강하게 거절하고 있었다.

"좋습니다. 어느 조건을 말하는 건지 잘 모르겠지만 조건이 성숙되려면 앞으로 이삼 년은 족히 걸린다고 보고, 나나 여동생의 2세가 이삼 년 세상에 늦게 태어나 남보다 세상을 늦게 출발하는 거에 대해 책임질 수 있겠소?"

"웁스~!"

입에 털어 넣었던 술을 삼키지 못한 처남은 한참 나를 노려봤다.

그것으로 거래는 끝났다.

바람 바람 바람

바리바리 싣고 성남 전세방에다 혼수품을 쑤셔 넣고 큰처형은 억울해 죽겠다는 듯이 가련한 여동생의 손을 잡고 나를 위아래로 훑어보며 닭똥 같은 눈물을 흘리면서 좀처럼 떠날 줄을 몰랐다.

삼십하고도 이년 전의 일인데, 시간은 바람난 년 마실 나가듯 쏜살같이 도망가버렸다.

백 살이 낼모레인 장모님 모시고 사는 내게 큰처형은 눈물을 찍어 바르며 말한다.

"우리 재낭이 없었으면 어쩔 뻔했어! 정말 뭐라 말할 수 없을 만큼 감사해요~!"

아직도 소녀같이 순진무구한 큰 처형은 큰 누님 같은 존재가 되었고 나의 영원한 팬이 되셨다.

자기의 부인이 쓰는 것보다 더 많이 버는 사람을 우리는 성공한 남자라 하고, 그런 남자를 찾은 여자를 우리는 성공한 여자라고 한다는데 내가 성공한 남자인지 아내가 더 성공한 여자인지 나는 아직 잘 모르겠다.

오늘 밤, 어머니께 객관적으로(?) 한번 여쭤 봐야겠다.

– 삼기산 짚신

질투

"당신은 왜 그렇게 사람을 의심하는 거야?
이 나이에도 질투할 힘이 아직 남아 있는 거야?
나만큼 당신을 생각하는 사람이 어디 있다고?
여자의 적은 여자라 하지만 이건 너무하는 거 아냐?"

아침부터 목에 핏대를 세우며 아내 앞에서 목소리 톤을 높였다.
순전히 그놈의 이상한 전화 때문이다. 시도 때도 없이 울리는 낯
선 전화번호 때문에 아주 노이로제가 걸릴 지경이다. 사회적으로
나 인간적으로 내가 아는 사람이 어디 한둘이고 내가 남자라고
해서 남자만 만나야 하고 남자 전화번호만 따놓겠는가 말이다.
지구의 반은 여자가 지탱하고 있는데도 말이다.

"받아 봐! 왜 안 받아?"
아내는 취조실의 형사처럼 팔짱을 낀 채 턱짓으로 지시하고 있
었다.

바람 바람 바람

나에게도 한때는 여자들로부터 추파를 받던 때가 있었지만 이제는 성불구설⑦의 '고자' 수준이 되어 있는 지금, 어느 안중에서 거짓 진술하겠느냐 말이다. 내 몸의 사용설명서를 누구보다도 잘 알고 있고 내 호흡이 짧숨인지 긴숨인지까지 낚아채는 아내를 언감생심 어떻게 속일 수 있겠는가 말이다. 그럼에도 불구하고 아내의 관찰과 주시는 지속적이며 반복적이다.

아내의 감시망은 더욱 정교하게 진화되어 가고 있으며 그 수준은 미국 **FBI**를 능가하고 있었다.

아내는 연애할 때부터 내게 말했다.

"당신, 하는 짓이나 능력으로 보아 여자 한둘은 붙어먹는다는 것은 어렵지 않게 짐작할 수 있어!

그리고 한 번의 실수는 내가 용납할 수 있고…

하지만 누굴 만나더라도 솥단지 걸어 놓고 만나는 순간 그걸로 우리 관계는 끝이야! 알았지?"

아내는 함무라비 법전을 낭독하는 제사장처럼 선언해 버렸다. 그 점을 잘 알고 있기 때문에 나도 무척 조심⑦하고 있다.

지나가는 여자가 아무리 예뻐도 1초 이상 쳐다보면 아내는 금방 눈치채고 곧바로 소환장이 날라 온다. "헤이 미스타 킴!" 하고 콜 하면 끝이다.

단식을 선언했어도 나는 메뉴판을 절대 쳐다봐서는 안 되었다.

남자에 대한 여자들의 주기적 관찰은 남자들이 사고칠까 걱정하는 염려 때문이라기보다 자신들의 자존심 때문에 자동방어기제로 활용하는 것이 아닐까 생각한다.

　진화심리학자 데이비드 버스가 쓴 글을 최근 읽었다.

　"남자는 씨를 가능한 한 널리 뿌리려는 성적 전략을 가지고 있고 여자는 좋은 씨를 제대로 받아 자식을 생산하려는 전략을 가지고 있기 때문에 최대한 많은 여성을 상대하려는 남자와 한 남성을 가능한 한 오래 붙잡아 두려는 여자 사이에서 각자의 목적에 맞게 견제하기 위해 '질투'라는 감정을 활용한다는 것"이다.

　질투란 서로 다른 욕망을 지닌 남녀가 서로 속고 속이며 발전시키는 감정체계이며 질투는 큰 비용을 들이지 않고 상대방의 외도를 견제할 수 있는 효과적인 수단이라는 것쯤은 나도 알고 있다.

　남녀 간의 집착이 크면 클수록 질투는 커지는 법이고 그 사랑을 지키기 위해서 여자들은 강력한 심리적 무기체제로 질투를 활용하고 있다.

　여자들의 질투의 이용은 어제오늘의 역사가 아니다.

　현생인류의 조상들인 호모 사피엔스(Homo sapiens)가 지구상에 출현할 때부터 이 누님들이 개발하고 활용하던 것을 그 여동생의 여동생, 그리고 그 여동생의 여동생들이 배우고 학습하고 세습해서 남자들을 옭아매고 풀어주는 고도의 장치로 진화되었고 이 무기를 통해 연년세세(年年歲歲) 틀어쥐고 있기 때문에 남자들은 그 손아귀에서 영원히 벗어날 수 없다는 사실을 나는 훤히 꿰뚫고 있다.

하지만 여성의 생존을 위한 강요와 애걸을 받아들인 남성들의 양보와 희생으로부터 일부일처제가 시작되었다는 사실을 아내는 잘 모를 것이다.

그리고 그 양보와 희생을 아내는 알려고 하지도 않고 알 필요도 없다고 생각한다. 기능적으로 아내는 나를 능가하고 있고 경제적으로나 사회적으로 나로부터 완전 독립하고 있기 때문이다. 또한 만용을 부리다가 아내가 나로부터 분리 독립을 선언하는 순간, 나는 곧바로 식물인간이 될 거라는 것을 아내는 이미 간파하고 있다.

그렇기 때문에 아내의 태도는 항상 당당할 수밖에 없다. 아내의 언어에는 "의심하라, 고로 나는 존재한다"라는 데카르트식 표현들이 형형색색으로 묻어나고 있다.

이제 나는 고백하거니와
비록 유통기한이 훨씬 지났지만 생물학적으로 나는 아직 남자이며 때론 옛날로 돌아가 이 일부일처제의 유전적 고리에서 벗어나 여러 무리를 이루고 수렵과 채집생활을 하며 자유롭게 나도 살고 싶다. 그 누구의 눈치도 보지 않고 원시 부족장처럼 살고 잡다.

"당신 질투가 뭔 줄이나 알고나 있어?"

갑자기 아내가 데카르트처럼 물어 온다.
"그것은 사랑의 결핍이라고!!
뭘 알고나 떠들든지 말든지 좀 해!!!!
당신이 여자를 알아?"

"어이쿠~~!"

자기연민과 투정으로 간신히 위로받던 나의 가오는 아내의 한 칼에 잘려나가 수채구녕에 처박혔다.

- 삼기산 고자

44   바람 바람 바람

카페

▼
▽
▽

사람이 한평생을 살아가는 동안

평탄하고 안정적인 길을 찾아서 가는 사람도 있고

가파른 오르막길이나 급한 내리막길을 만나 힘들게 가는 사람도 있습니다.

역경과 고난이 없는 편한 길을 누구나 가고자 하나 자기 뜻대로 되지 않는 게 인생길이기도 합니다.

개똥을 밟기도 하고 때론 지뢰를 밟기도 합니다.

돌에 걸려 넘어져 박살이 나는 사람도 있습니다.

하지만 누가 제대로 잘 살았다고 말하기는 쉽지 않습니다.

어떤 게 옳은 길인지 또는 자신이 제대로 가고 있는지 알 수 없습니다.

가고자 하였으나 못 간 길도 있고 아니 가고자 하였으나 갈 수밖에 없는 길도 있습니다.

잘 간 건지 못 간 건지는 막장에 가봐야 알 수 있습니다.

걸려 넘어진 그 자리가 걸림돌이 아니었고 디딤돌이었다고 말하는 사람도 있기 때문입니다.

나는 시쳇말로 육십이라는 초로의 길 위에 서 있습니다.

12간지를 다섯 바퀴를 굴러 왔어도 세 치 혓바닥 하나를 아직도 내 마음대로 간수치 못하고 있고 한 치 오목가슴 속, 마음 심(心) 자 하나 추스르지 못하고 눈치 까이기도 합니다.

아내의 표현을 빌자면

환갑나이 먹도록 아들딸 씨 뿌린 것 외에 잘한 것 하나 없다고 지청구를 듣고 삽니다.

그러다 최근에 기적 같은 일이 벌어졌습니다.

칭찬이라는 걸 아내한테 처음으로 들었습니다.

지금으로부터 10년 전 일입니다. 혼자서는 잘 다니지도 않는 길을 차를 타고 우연히 지나가다가 한 곳에 시선이 꽂혔습니다. 그때는 그게 미륵산 옆자락인지도 잘 몰랐지만, 산을 야트막하게 끼고 옴팡지게 숨어있는 자그마한 집 한 채였습니다. 앞에는 커다란 연못이 있었고 그 연못에는 화려한 연꽃들이 만개하고 있었습니다. 번개 맞은 것처럼 그 자리에 우뚝 서버렸습니다. 연못을 왼쪽으로 끼고 숨죽여 들어가 보니 아담하고 허름한 가든이었습니다.

지금이야 석산 한다고 개고생을 하고 있지만 그 당시에는 별 문

바람 바람 바람

제가 없어서 오랫동안 알고 지내는 부동산 업자 K를 붙여서 값을 흥정하였습니다. 달라는 대로 값을 다 쳐주고 젊은 두 내외가 장사하는 집을 매입하였습니다.

하지만 아내는 물론 다른 사람들로부터 독박 썼네 사기 당했네 소리를 수도 없이 들어야만 했습니다. 주변 시세보다 열 배나 비싸게 주었기 때문입니다.

나도 남들처럼 요령 있고 영악했더라면 좀 싸게 살 수도 있었을 텐데 나는 이게 잘 안 되는 축에 속하는 사람입니다. 결국 업자 K도 복비를 열 배나 붙여서 챙겼다는 사실을 나중에 가서야 알게 되었습니다. 미안하다고 이실직고해서 용서해 주었지만 결과적으로 아내의 말대로 아는 사람에게 눈탱이 제대로 맞은 겁니다.

'장난감 법칙'처럼 처음 살 때와는 달리 흥미도 떨어지고 특별히 쓸 일도 없고 해서 가 보지도 않고 아주 오랫동안 방치해두고 살았습니다.

땅도 좀 붙어 있으니 남들이 한다는 푸성귀나 채소를 가꾸는 주말농장으로도 좀 활용하련만, 도통 그런 일에는 취미가 없는 사람이라 더더욱 가지 않았습니다.

그러다가 아내가 무슨 바람이 들었는지 우리도 전원주택이란 것을 짓고 살자고 부추기기 시작했습니다.

"우리가 무슨 땅이 있다고 그래?"

"아니, 삼기에 땅이 있잖아?"

"삼기? 아니 그 촌구석에 어떻게 집을 짓고 살아?
아들 학교 등하교는 어떻게 하고 변변한 슈퍼도 하나 없는 그곳에 무슨 집이야, 집은?"

"시내 중심가에서 십 여분이면 가고 시내버스가 다니는데 무슨 걱정이야?"

똑같은 말이라도 내가 하면 잔소리, 아내가 하면 명언이라고 나는 며칠 버티지 못하고 아내의 꼬임에 넘어가고 말았습니다. 가든 뒤쪽 허름한 창고를 털어 내고 주택을 한 채 올렸습니다.
집 짓다 이혼 세 번은 각오해야 한다는 말처럼 아내는 주부로서 살 집의 구조와 편리성에 대해 자신의 주장을 굽히지 않았고 나는 간신히 내 집을 완공했습니다.

달도 차면 기우는 것인가!
나이 들면서 이런저런 희망과 기대가 곰삭은 김치처럼 군둥내가 나기 시작하고 시퍼렇던 패기가 세월이라는 소금간이 베이면서 이제 뒷방 늙은이처럼 살 준비를 해야겠다는 생각이 꼼지락거리기 시작했습니다.
노느니 염불한다고 몇 년을 방치해두었던 허름한 가든을 손질

바람 바람 바람

하고 모던 스타일한 카페로 리모델링하고 보니 그림이 훨씬 좋아 보였습니다.

이름하여 익산 아프리까 카페

'햇빛이 잘 드는 집'이라는 뜻입니다.

젊은 날, 내가 건너 온 대륙이 검은 아프리카처럼 캄캄하고 미개하였기에 아내의 승낙을 얻어 그 이름으로 네이밍하여 올렸습니다.

"당신이 한 일 중에 가장 잘한 일인 거 같애…"

집들이하는 날, 칭찬에 인색한 아내가 나를 처음으로 칭찬해 주었습니다.

여자가 철들면 시집가고

남자가 철들면 죽는다고

십여 년 전 우연히 지나가다가

필이 꽂힌 그 자리가 내 죽을 자리인 줄 아내는 한 번이라도 생각하고 칭찬하는 것일까요!

아니나 다를까!

우리의 결정과 아내의 칭찬은 몇 달이 못 가서 후회와 비난으로 둔갑하고 말았습니다.

사람들은 일반적으로 자기중심적으로 생각하고 자신이 활동하는 공간이 세상의 중심이라고 착각하고 삽니다.

아무리 경치가 좋아도 익산 시내에서 십여 분을 허비해가며 삼기 촌구석까지 커피 마시러 오는 사람은 드물었고 우리는 밤마다 모기와 전쟁을 치러야 했습니다. 그리고 십여 킬로를 기름값을 소비해가며 매일 출근할 직원을 구하기는 하늘에서 별을 따오는 것만큼이나 어려웠습니다.

결국, 그 길로 아내는 카페지기 '이 마담'이 되었고
나는 하루아침에 '샷다맨'이 되고 말았습니다.

- 삼기산 샷다맨

바람 바람 바람

샷다맨의 하루

나는 샷다맨이다.

카페 하면 낭만, 낭만 하면 스캔들만 내 머릿속에 도식화되어 있는 내가 하루아침에 샷다맨이 되었다.

이건 순전히 내 팔자에 계산되어 있지 않은 일이다!

세상의 모든 수리 방정식이 압사바리 25톤 차량 골재 1대 가격으로 계산되었는데 갑자기 찻잔 한 잔 가격으로 도량형이 통일되어 버렸다.

원래도 씀씀이나 국량이 간장종지만 했었는데 잔 커피나 파는 물장사를 한 뒤부터는 더더욱 새가슴이 되어 버렸다.

어느 작자가 노동을 신성한 거라 했을까!

50년대 그 엄혹한 시절에 먹고 살아야 한다는 생존본능 하나로 시장통에 쭈그려 앉아 아침부터 밤늦도록 어머니는 막걸리를 팔아야 했다.

우리가 한때 밥술이라도 먹고 살게 된 것도 따지고 보면 다 어머니의 그 거룩한 노동의 대가였다. 아버지는 인간적인 본능에 충실한 나머지 밖으로 잡아 도시고 주위의 수많은 잉여자들의 서열을 정리하시고 닭꼬치 제조하듯 정성을 다해 공알들을 꿰찼다. 여러 본업 중 가정적인 유일한 일은 내가 아는 한, 아침저녁으로 점빵문 샷다를 여닫는 일이었다.

그분의 여성 편력을 은근히 부러워하긴 했어도 샷다맨은 해서는 안 되는 남자의 일 중 하나라고 치부하고 있었다.

그러나 어느 날 일어나 보니 나는 샷다맨이 되어 있었다.

순전히 그건 나의 의지와 관계없는 일이었다.

업은 전승되고

유전도 계승되는 걸까?

씨도둑은 못한다고

나의 유기체적 존재는 아버지의 성관심(Sexualite)과 어머니의 생존본능(Instinct for survival)의 결합체로 발현되었다.

그리고

유전자 절대 불변의 원칙에 따라

내 아버지처럼 나는 샷다맨이 되었다.

상품 가치는 생산에 투입한 노동량에 의해 결정된다고 마르크스 형님께서 주장 하셨지만

별 가치도 없어 보이는 이 일을 혼자 투덜대면서도

아침저녁으로 카페 문을 여닫는 샷다맨의 역할도 별 저항 없이 하고 있다.

따지고 보면 마누라에 얹혀사는 주제에 불과하고

한때 증오했던 아버지와 별반 다를 바 없는 일을 순한 양처럼 받아들이고 있지만 군대 갔다 온 20대 중반 이후, 처음으로 마대 자루를 잡은 내 모습은 아주 생경스럽고 낯선 존재, 그 자체였다.

'아주 낯설다'라고 말하는 순간,

"아빠, 요강에 똥 싸는 소리 하지 마세요. 저는 오늘 하루 왼 종일 설거지까지 한 사람이에요."

"허걱~!"

알바 둘이 갑자기 못 나오는 바람에 부자지간이 싸잡혀서 힘든 노동을 하고 난 애저녁에 아들이 하는 퉁사리까지 들어야 했다.

생계를 위해 인형 눈알 박기 백 개를 하는 우리 집 파출부 아줌마나 매일 눈을 뜨게 해 주는 착한 사마리아인 안종욱 안과 원장이나 매일 피 보는 동산병원 박 원장이나 셔터맨인 나나 모두가 '생계형 자영업자'에 불과하다고 뻥을 치고 다녔던 나는 몰라도 무얼 한참 몰랐고 '손님이 안 와도 위엄 있는 카페 주인'만을 생각했던 내가 알고 있는 노동은 이마쥬에 불과했고 그저 '추상적 노동(abstract labour)'에 불과한 것이었다.

허리를 꼿꼿이 펴고 입구에 서서 하염없이 손님을 기다리던 익산 유일의 프랑스 레스토랑 '꽁피에뉴'의 마드모아젤 이영희 여사도 따지고 보면 나보다 먼저 미래를 산 사람이었다.

멀쩡한 병원을 운영하면서 취미가 프랑스 요리 전문가인 아내의 성화에 못 이겨 '꽁피에뉴'를 오픈시켜준 박 원장은 중세시대의 '도제'처럼 새벽같이 일어나 밀가루 포대를 날라다 주고 그 새벽에 밀가루 반죽까지 하고 병원에 출근했다. 그리고 1년 뒤, 손익계산서에 마이너스 적자 몇 억을 날리고 그는 샷다맨을 작파해버렸다.

그때, 박 원장이 그 비참과 비애를 조금만이라도 귀띔해 줬어도 내가 아내에게 카페를 오픈시켜주고 하루아침에 아내를 '이 마담'으로 만드는 일은 결코 없었을 것이다.

전문용어로 '조또 모르면서 탱자탱자한다'고 나에 대한 구박(?)을 일삼았던 박 원장의 진의를 나는 진즉 눈치 깠어야 했다.

60살이 되어도 인생은 모르는 것투성이라는 걸 사람들이 알고 사는 것일까!

알고 보면 자기가 경험하기 전까지는 모든 게 '처음 살아 보는 거' 아닌가!

안다고 아는 것이 아니며, 살았다고 산 것이 아니다.

바람 바람 바람

내가 모르는 그 밖의 모든 건 '초보운전자' 또는 '애 어른'에 불과하고 노동의 질이나 가치를 따지기 이전에 세상에는 나보다 고수들이 수두룩하다는 것을 알아야 했다.

샷다맨이 마냥 나쁜 건 아니다.
업무의 과다를 핑계로 더 이상 아내의 눈치 볼 필요가 없어졌고 마눌이 샤워를 해도 자는 척할 필요가 없어졌…

"어머! 이 화장실 더러운 것 좀 봐!
여보, 지금 뭐해욧! 화장실 바닥 좀 닦아욧!"

이크!

– 삼기산 샷다맨

골프

"골프는 작은 공을 쳐서 더 작은 구멍에, 잘못 디자인된 도구로 집어넣는 게임이다."
처칠이 한 유명한 말이다.

골프가 잘 맞지 않을 때마다 '이런 부조리한 운동을 다시 하면 내가 인간이 아니다'라는 비장감으로 매번 장갑을 벗지만 침묵의 자객인 망각과 치매작용으로 며칠도 못 가서 다음 부킹을 기다리고 오늘은 누구를 만나 헤픈 장난을 치고 생각 없이 놀까 하는 생각에 골프채를 다시 잡는다.

'창피한 대회'
익산 CC 클럽챔피언 대회를 나는 이렇게 부른다. 매번 창피만 떨고 오기 때문이다. 골프를 제법 친다는 소리를 듣는 나는 3위권 입상을 해 본 적이 단 한 번도 없다. 12명 뽑는 예선에 간신히

턱걸이로 올라가서 번번이 낙방거사로 돌아오지만 행여나 이번에는 공짜 냉장고나 하나 받아 오나 싶어 차에서 내리자마자 아내가 대뜸 물어본다.

"어찌 됐어?"
"응, 장렬히 전사했어! 이제 내 시대는 갔나 봐!"

"당신 시대가 언제는 있었어? 무념 무욕으로 골프를 쳐야 하는데 당신은 생각이 너무 많아 떨어질 줄 알았어!"

해저드와 벙커만 무서운 게 아니다. '사후인지편견'을 예언자처럼 말하는 마누라 말이 나는 더 무섭다.
70타를 치려면 돈, 시간, 가정을 잃고 건강과 친구를 얻는 게 골프라 했는데 오늘은 그 참담한 결과에 쪽팔리다 못해 비애감마저 든다.

샷 감이 너무 좋아 첫 홀부터 보기를 하더니 내리 쓰리 보기로 세 홀을 마치자 이놈의 대회에 다시 나가면 내가 사람 새끼가 아니다 라고 저주를 퍼붓기 시작했고 이 정도는 아니라고 위로하며 자가당착과 온갖 변명거리를 찾아가며 동 코스를 40개로 마감할 때까지는 그래도 봐줄 만했다.
후반전이 시작되자마자 동반자가 오비 낸 공을 함께 찾아준답시고 리듬을 잃더니 대번에 세컨샷을 오비내고 말았다.

그 이후 골프를 쳤는지 도끼자루를 휘둘렀는지 모르게 치다가 함께 무너진 동반자들 셋이 서로 위로해 준답시고 그늘 집에 들어가 아예 대놓고 막걸리를 퍼먹기 시작했다.

경기 내내 오비는 나의 오래된 벗인 양 함께 동반해 주었고 쓰리 퍼터는 당연히 그래도 되는 것처럼 귀신처럼 옆에서 알짱거렸다.

드라이버는 낯설었고 롱 아이언은 마누라보다 더 무서웠으며 우드는 두더지처럼 아예 땅속으로 파고 들어갔다.

화려한 봄날은 그렇게 갔다!

실의에 빠져있는 나를 달랜다고 순대국집에 데리고 나간 아내는 막걸리 잔을 우두망찰 쳐다보고 있는 나를 보고

"이번 주 운동 나가, 안 나가?"

"응, 안 나가!"

"잘됐네! 예초기 가지고 잔디나 좀 깎아요."

"힘들어, 그냥 노가다 한 사람 부를게."

"16만 원이라매? 당신이 골프장 하루 나가서 푸는 돈이 얼마야? 대충 잡아도 15만 원은 날릴 거 아냐?

그럼 얼마야?

하루 반나절 나가 노는 거 한 번 유보하고 잔디를 깎을 때마다 30만 원은 기본으로 앉아서 버는 거 아냐?

한 달에 10번을 친다고 보고, 300만 원이면 남는 장사 아냐?
300이면 내가 커피를 600잔 팔아야 되거든?
내 어깨 빠진 줄 알아 몰라?"

"어이쿠!"

위론지 협박인지 모를 분위기를 잡아가며 이참에 아예 나의 주말 놀잇감을 작파시킬 요량으로 막걸리를 쳐준다.

"자, 한잔 받아! 왜? 여자들이 떨어져 나가니까 힘도 떨어져?"
"으악~!"

마눌은 확인된 시체 위에 기관총을 난사하고 있었다. 픽션과 논픽션 사이를 아슬아슬하게 줄타기하며 확인 사살하는 아내를 나쁜 짓 하다 들킨 사람처럼 힐끗 쳐다봤다.

뭐 주고 뺨 맞는다고 커피숍 차려 주고 내 발목이 잡힐 줄은 생각치도 못했다. 직원 한 사람 쓰면 되는데 마누라는 아까워서 못 쓴다. 집에서 팡팡 노는 것보다 우아스럽게 커피라도 팔며 근사하게 책이라도 읽으면 팔자 좋은 중년소리를 들을 거라 생각했는데, 그건 착각이었다.

파리를 날리면서까지 책을 편안하게 읽을 수 있는 사람은 아무도 없다. 손님이 많아도 걱정, 없어도 걱정인 게 카페다. 밖에서 일을 보다가도 샷다문 닫을 때는 천하없어도 들어가야 하고 모임이 있을 때는 아내의 사전허가를 '득'해야 한다.

돼지국밥이 입으로 들어가는지 코로 들어가는지 맛탱이 없는 국밥을 깨작거리는 나를 보고 영 안 되어 보였는지 마누라는 초등학교 선생님처럼 한마디 덧붙인다.

"남들보다 못 쳐야 매너남 소리 듣는다매?
욕심 버리고 이제 매너남 소리나 들어!
여자는 뒤태도 쳐다보지 말고!
알았지?"

"네~!"

아! 나는 이제사 아내의 눈치를 깠다. 상황적 범죄예방을 위해 미리미리 약을 쳐 두고 싶은 것이다. 소나무 재선충병을 위해 미리 예방적 방제를 하는 것처럼 잠금장치로 나를 묶어두고 자신의 방어공간을 확보하고 싶은 것이다.

현명한 아내는 인생은 곱셈이라는 사실을 잘 알고 있다. 어떤 찬스가 와도 내가 제로(0)면 자신도 꽝이 된다는 사실을 간파해

바람 바람 바람

버린 것이다. 그리하여 나의 촉수를 미리 자르고 헬렌 켈러 누님
처럼 청맹과니로 나를 키우고 싶은 것이다.

오~!
아내라는 이름의 그대여~!
나를 당신의 도구로 써 주소서!

- 삼기산 헤저드

잡초

▼
▽

졌다
항복이다
너의 억척과 모질에 손을 들었노라

죽음을 두려워하지 않는 너의 무모함에
마침내 나는 항복을 고하노라…

작심하고 겨룬 수백 합에
오늘 나는 장렬하게 나가떨어졌다

나의 날카로운 예초검의 격공 장풍에
무림의 고수답게 너는 파동권으로 맞섰고

나의 쌍욕쌍투에

바람 바람 바람

너는 논검비무 권법으로
한 치의 물러섬이 없었다

죽었다가 다시 살아나고
스러졌다 다시 일어나는
너의 조까튼 생명력에 나는 야무지게 죽었노라

모진 비바람과 천둥소리에도
가장 낮은 것의 안식처가 되고 에너지가 되는
너의 희생과 헌신에
경의를 표하노라

아무도 알아주지 않는 너의 존재와
누구도 불러주지 않는 너의 무명에도
인간들처럼
애면글면하지 않았고
서운해 하지도 분노하지도 않았다.
춥다 덥다 울지 않았고
배고프다 목마르다 조르지 않았다

너는
인생에 비유됨이 마땅하고

지구의 허파로 불리어짐이 당연하다
유서를 남기노니
나의 영지에서 너는 영생을 누리고
자손만대에 걸쳐 권리장전을 허(許)하며

마지막으로
무명의 너에게 '마눌경'의 작위를 내리노라

끄~윽!

"여봇!
잠깨욧!!
그깟 풀 좀 베고 웬 잠꼬대를 하는 거야?
어휴~~! 이 개침 흘리는 것 좀 봐!!
농약 사다가 뿌려욧~!!"

- 삼기산 잡초

바람 바람 바람

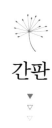

간판

▼
▽
▽

'여기까지 와서 왜 이래'

　익산의 남부지역에 있는 유명한 쌈밥집 옆 건물 벽에 붙어 있는 간판 이름입니다.
　깜짝 놀라서 자세히 살펴보니 호텔 이름입니다.
　진짭니다. 사실입니다.
　둘러보니
　'오빠 믿지?'
　'ZAZA'
　라는 간판도 보입니다.

세상에…!

내 입에서 바로 튀어나온 신음소리입니다.

함께 점심을 동행했던 친한 동생이 "형님, 체통 없이 왜 그리 깜놀이십니까?"

상황을 설명하자 동생이 하는 말, "그러니까 형님이 꼰대 소릴 듣는거요! 눈팅, 자뻑, 깜놀, 슴가, 듣보잡 이런 말들을 들어본 적은 없수?"

인터넷 언어, 축약어 등 젊은이들의 언어를 모르는 바 아니나 '여기까지 와서 왜 이래, 오빠 믿지, 자자' 등과 같은 일상어를 간판 이름으로 버젓이 올리는 사람들과 동시대를 살고 있다는 사실이 도저히 믿기지 않았습니다. 간판을 네이밍 한 사람들이 허리하학적인지 내가 꼰대인지 사태파악이 전혀 되지 않았습니다.

안타깝지만 상대가 여성이라면 이러한 표현들은 이승에서 내가 다시 써먹을 수 있는 언어가 아닙니다. 과거의 언어이자 퇴화된 모국업니다. 한때는 우리 시대를 관통했던 실천적 언어였지만 지금은 젊은이들 손에 위탁되고 유통되는 그들의 전리품입니다.

우리시대 유일의 3류 연애잡지인 썬데이 서울에나 나오는 오글거리는 이 표현들은 여러 변천사를 거듭해 왔습니다. 중앙여인숙에서 장미여관으로 만년장에서 허니문모텔로, 모텔에서 그랜드 팔레스 호텔 등으로 간판들이 변화를 거듭했지만 이 정도로 진화될지는 생각조차 못해봤습니다.

최인호가 떠난 이후 여인숙이나 여관 등은 우주적 표현이 되어

바람 바람 바람

버렸습니다.

"경아, 오랜만에 함께 누워보는군. 키스할 땐 눈을 감는 거야."

"꼭 껴안아 주세요. 아~ 행복해요! 여자란 이상해요. 남자에 의해 잘잘못이 가려져요. 남자는 왜 젖꼭지가 있는 걸까요! 필요도 없으면서…."

최인호의 별들의 고향에 나오는 남녀 주인공의 대홥니다. 한때는 가슴 설레며 들었던 명대사였습니다. 1974년 서울 국도극장에서 개봉되어 공전의 대박을 친 영홥니다.

한 시대를 풍미하던 신성일이 주연하고 콧수염 가수 이장희가 영화음악을 맡았습니다. '나 그대에게 모두 드리리', '한 잔의 추억'이라는 노래도 이 영화를 통해서 알게 되었습니다.

생맥주와 통기타, 장발족 나팔바지가 유행하던 고등학교 1학년 때 일입니다. 전주극장 뒷골목 후진 튀김집에 앉아 우리들은 기성세대를 칼질하고 있었습니다. 그 당시 우리들은 자기 하나 감당하지 못하는 코흘리개 주제에 신성일이와 호스티스 경아와 같은 로맨스를 꿈꾸기도 했던 시절이기도 했습니다.

청춘, 사랑, 열정과 같은 활성어는 세월과 함께 순장이 되고 도덕, 윤리, 체면 등과 같은 가면을 쓰고 살아야 하는 변방의 나그네로 전락하고 말았습니다.

도리를 지키자니 정(情)이 울고 순리를 따르자니 인생이 가엾습니다. 아파도 아프다고 말을 할 수 없는 경계에 서 있습니다. '아프니까 노인이다'라는 소리를 듣기 때문입니다.

저녁에 돌아와 아내에게 낮에 있었던 사실을 두고 한참 떠들고 있던 나를 가만히 응시하던 아내는

"여보, 무인텔은 어떻게 생겼어?"
갑자기 아내의 뜬금없는 질문에 나는 깜짝 놀라고 말았습니다.
"응응, 나… 나, 나도 자, 잘 몰라요!"

내가 말더듬이가 된 것은 순식간의 일이었습니다.

"왜 그래? 학질 걸린 사람처럼?
이 세상에 두 종류의 남자가 있다며?
바람 핀 놈과 바람 피다 걸린 놈?"

"으응, 남들이 괜찮다고 그러더만서도…!"
갑자기 내 입에서는 3인칭 간접화법이 튀어 나오기 시작했습니다.

"그으래? 우리도 언제 한 번 가볼래?"

아내는 여인숙이거나 여관이랄 데를 맹세코 처음 갔더랬습니다.

바람 바람 바람

30여 년 전 나와 함께 말입니다. 아내는 무심코 던지는 질문 따위 하지 않는 사람입니다. 숙박업소의 네이밍의 변천사나 무인텔의 내부 구조에 관해 하등의 관심이 없는 사람이지만, 계산된 질문으로 아내는 나에 대한 오염도를 측정하고 싶은 눈칩니다.

"응, 그러엄! 언제 한 번 가보세!"

순식간에 교도소 담장 위에 나를 세워 두고 이쪽으로 밀까 저쪽으로 밀까 고민하는 아내의 생각을 자르고 들어갔습니다. 힐끗 아내를 쳐다보자 석고상처럼 무표정한 표정입니다.

'나의 생은 미친 듯이 사랑을 찾아 헤매었으나 단 한 번도 스스로를 사랑하지 않았노라'
나는 기형도 시인의 '질투는 나의 힘'이라는 시가 불현듯 떠올랐습니다.

아!
아내는 평생 나만을 사랑했습니다!
나도 아내만을 펴엉생 사랑해야겠습니다.

- 삼기산 꼰대

두번째 바람,

WIND

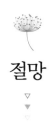

절망

▽
▼
▽

"샷따 문이나 가 열어욧!"

내일은 바람 좀 쐬러 '여자만'에나 좀 다녀와야겠다는 말에 마늘이 던진 말입니다.

'여자만'은 장어로 유명한 곳입니다.

'여자만'은 바닷물이 굽이지어 흐르는 곳이라는 뜻을 가지고 있습니다.

'여자만'은 전라남도 보성, 순천, 여수, 고흥군으로 둘러 쌓여있는 내해입니다.

자전거를 타고 지나치며 봤던 이곳의 갯벌과 낙조는 참으로 아름답습니다.

아내는 여자 이야기만 나오면 학질 걸린 사람처럼 몸을 떱니다. '여자만'에 간다는 말을 여자 만나러 간다는 말로 들었음에 틀림없습니다. 나이 들면 청력도 퇴화되는 걸까요. 한번은 핸드폰 '4G'라고 말했다가 아주 죽는 줄 알았습니다. 4G를 4G라고 하지 뭐라고 합니까?

왜, 의심부터 하고 보는 걸까요?

언어의 다중성에 대해 고찰 없이 '시대의 저질'이라고 폄하한다면 수화라도 배워야 한다는 말입니까?

여자들은 왜 그러는 걸까요?

망상장애(Delusional Disorder)가 선천적으로 유전되는 건 아닐까요!

아니면 외상 후 아니, 출산 후 스트레스 때문에 그러는 걸까요?

"형이 오히려 좀 망상장애가 있는 거 같어~ 병원에 함 와 봐~!"

익산의 정신과 박종호 원장은 내가 뻥을 칠 때마다 나를 놀려대기 위해서 하는 말입니다. 논리적 불합리나 모순된 증거에도 불구하고 자신의 잘못된 믿음이나 지각을 지속시킨다는 게 얼마나 피곤한 일일까요!

"당신이 만들어 놓은 협곡을 얼마나 가슴 조이며 건너온 줄 알아?

당신이 지금 느끼는 여유와 평화는 당신의 손을 잡고 용케 건너온 나의 인내와 노력 덕분이라는 점을 알아야 해!"

미션스쿨의 목사님처럼 아내는 내게 수시로 정신교육을 해 둡니다. 인생은 곱셈이기에 행여 내가 부지불식간에 제로 상태로 방

바람 바람 바람

전되면 큰일 난다고 우려하는 아내의 염려와 오해를 전혀 이해 못할 바는 아니지만, 이 세상에 실수 없는 사람이 어디 있을까요!

이브 할머니로 말미암아 생긴 아담 할아버지의 전과를 태어나면서 천부원죄설처럼 짊어지고 살아야 하는 게 얼마나 억울한지 여자들은 알고나 핍박하는 걸까요?

누대에 걸쳐 탕감받지 못한 원죄를 땀과 노동으로 아담 할아버지의 채무를 평생 상환하며 사는 남자들의 고통을 알고나 의심하는 걸까요?

시대의 반란을 논할 때가 되었습니다.

"평화로운 아침부터 왜 이래? 그럼 당신이 나가 돈 벌어 오면 되겠네!

애무식스틴을 들고 나가 여자들이 나라도 지키고 예비군 훈련도 받고 다 그래 봐, 그럼?

질빵을 지고 하루 여덜 시간씩 노가다 판에 나가 돈 한번 벌어 봐!

우리도 집에서 설거지하고 빨래하고 만화책 빌려다 읽으면서 사지삭신 쭉 뻗고 한 번 놀아 보게!

세상을 세상답게 인간을 인간답게 지금까지 구현되어 온 것은 여자에게서가 아니라 남자를 통해서였다는 점을 좀 알아줬으면 한다구!"

침대에 누워있던 나는 이준 열사처럼 허공을 향해 주먹을 쥐고
외쳤습니다.

"그으래~? 당신, 애 낳고 양육하고 오늘부터 나가서 커피 하루
500잔씩 한 번 팔아 볼래?"

"깨갱~!"

"나가서 소금뿌려~욧!"

- 삼기 일견(日犬)

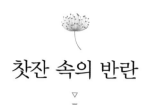

찻잔 속의 반란

이기지도 못할 싸움을 끊임없이 걸고 있습니다. 그 결과는 이미 뻔히 정해져 있는데도 불구하고 도화선에 먼저 불을 댕기는 쪽은 항상 나부터 시작됩니다. 습관으로 남아있는 자존심 때문입니다.

문밖으로 나간 외박은 하루를 넘기기 어렵습니다. 곧바로 항복 문서를 쓸 준비를 합니다. 아픈 척, 일에 지친 척, 동정으로 위장하고 문수보살의 자비와 용서를 구걸합니다. 아내는 수몰 일보 직전에 가서야 겨우 축 처진 자존심을 건져줍니다.

밖에선 어림없는 일입니다. 곧 죽어도 목도리도마뱀입니다. 일수불퇴입니다.

가오 때문입니다.

유전적으로 또는 생물학적으로 우성인 수컷들이 아내 앞에서 언제부터 알아서 기게 된 걸까요?

이건 순전히 마르크스 형님의 여파가 큽니다. 수천 년 동안 여성은 남성에게 사회적으로 종속 되어 왔습니다. 여성이 경제적으로 독립되지 않았기 때문에 이러한 관계는 지속될 수밖에 없었습니다.

여성이 경제적으로 독립하기 위한 전제조건은 노동인데 이 노동 덕분에 여성은 남성에 대한 의존에서 서서히 벗어 난 것입니다.

여성이 남성으로부터 경제적 독립을 획득하고 나자 사회적으로 남성에게 종속돼야 할 이유가 사라진 것입니다. 그러나 여성이 남편에 대한 경제적 종속에서 벗어났지만 노동 수단을 통해 여성은 다시 부르주아 자본가에게 종속되고 말았습니다. 남편의 노예에서 사용자의 노예가 된 것입니다.

주부이자 아이의 엄마이고 동시에 노동자인 여성은 이 세 가지 일을 하려고 무진장 노력을 할 수밖에 없습니다. 자본주의는 여성을 임금 노동자로 만들었지만, 가정과 직장이라는 이중부담을 안고 살게 된 것입니다.

이러한 부조리한 상황에 놓인 여성 노동자는 남성 노동자와 함께 자신들의 조건 개선을 위해 투쟁해야 한다는 것입니다. 더 나아가서는 '사회혁명의 주체'가 되어야 한다는 것입니다.

그렇기 때문에 진정한 여성 해방을 위해 노동자 계급인 '프롤레타리아'가 국가 권력을 장악해야 하고 가사 노동을 없애기 위해 전면적 투쟁에 나서야 한다는 것입니다. 더 나아가서는 가사 노동이 대규모 사회주의 경제로 대거 통합되어야 한다는 것입니다.

바람 바람 바람

100년 전에 외쳤던 공산주의 철학입니다. 틀린 말이 하나도 없습니다. 실제 공산주의 혁명을 성공시켰던 구 소련이나 중국 등에서는 이를 그대로 실천했습니다. 대표적인 게 노동자 계급의 등장과 남녀평등 사상입니다.

　20세기 후반부에 들어와서 이러한 주장들은 시나 소설 그리고 철학으로 주창되었습니다. 진리가 너희를 자유케 하리라는 예수님 말씀이 진리가 여자를 자유케 하리라는 말로 비틀어져 인용되고 있을 정도입니다.

　'제2의 성'에서 '여성은 태어나는 것이 아니라 만들어지는 것'이라고 시몬느 보봐르가 말했지만, 21세기 벽두인 지금은 어림없는 말입니다. 여성은 생물학적으로 여성(Female)으로 태어나지만 남성 중심의 문화 속에서 여자(Woman)로 길들여진다는 말은 19세기적 표현입니다. 어린 시절부터 여성들에게 강제되었던 사회적 부조리와 부당함을 타파하고 여성에 대한 고정관념과 프레임을 걷어내야 한다는 사실을 여성들은 자각하고 이미 실천하고 있습니다.

　여성이 독서하는 것을 금지시켰던 서양 중세 사회의 남성 중심의 권력과 기독교적인 교리는 개나 물어가라고 여성들은 소리칩니다. 기울어진 운동장에서 지금껏 내가 자알 놀았다는 사실을 깨달은 아내는 일요일에 교회도 나가지 않고 성경과 찬송가 대신 인문학 서적을 들고 도서관에 나갑니다. 쓰나미처럼 내 존재가 언제 갈대처럼 쓸려나가게 될지 두려운 심정으로 나는 아내의 차에 시동을 걸어 줍니다.

문제가 심각합니다.
시대가 변하고 있습니다.
우리 남자들도 대오각성해야 합니다.
지금은 학설로 인정도 않지만,
나는 라마르크의 용불용설을 신봉합니다.
아브라함이 이삭을 낳았던 나이는 100살 때 였습니다
아브라함은 중동의 뜨거운 모래밭에서 혹독한 철사장과 흑사장 기법으로 집중 단련시켰다는 전설이 있습니다. 무협지의 내공을 터득한 아브라함의 피나는 노력의 결과입니다.
우리도 뭉칩시다!
집중적 찜질을 시작합시다!
축 늘어진 자존심을 다시 일으켜 세웁시다!
남성해방을 위해 투쟁합시다!
남성 역시 사회적 희생자들입니다.
우리 남성이 여성들에게 죄의식을 느낄 필요가 전혀 없습니다.
어떤 식으로든 우리 남성들은 아직까지 어깨 위에 무거운 세계를 짊어지고 있는 위대한 종족입니다.
우리도 여성들과의 지배구조에만 신경쓸 게 아니라 독서도 좀 하고 근육도 좀 키워서 과거의 영광을 회복합시다.

바람 바람 바람

알아서 기는 소심남과 비겁자들은 뒤로 빠지십시요.
'남성해방운동'을 위해 우리 모두 앞장을 섭시다!!"

"미스타 김!"
"찜질방 가게 차 대기시켜요!"

"예, 마님~!"

"천사앙 천하~아내 독존!
나무우~관세음~보오살!"

- 삼기산 Man

패권

▽
▼
▽

세계사에서 강대국의 지배를 받지 않은 나라는 거의 없습니다. 지배받지 않은 나라를 꼽는 게 더 빠릅니다. 스위스를 포함해서 네 나라 정도에 불과합니다. 한국인이 자주 가는 태국도 그중 하나랍니다.

우리만 하더라도 약 500번에 가까운 침략과 약탈을 당했습니다. 그중 대표적인 게 일제 35년 몽골지배 80년입니다. 몽골의 지배기간은 훨씬 더 길고 악랄했습니다.

하지만 유독 일본애들이 더 욕을 먹고 더 증오받는 이유는 근대사의 치욕과 민족혼 말살이라는 자존의 문제와 위안부 할머니들의 정신적 육체적 피해를 반성하지 않는 그들의 태도 때문입니다.

무엇보다도 기분 나쁜 건 'weak to the strong and strong to the weak' 약자에게 강하고 강자에게 약한 척하는 그들의 비굴한 태도입니다. 그것은 국가(國家)가 할 짓이 아닙니다.

진실과 정의를 외면하는 것은 국가의 자존과 존엄을 외면하는 것이며 국제사회에서 성숙한 주권국가로서의 위상을 포기하는 것과 다름없습니다.

　오랜 시간 당하면 흔적이 남습니다. 일본어와 법제, 행정 등은 거의 물려받다시피 쓰고 있고요. 다꽝 스님이 만든 다꽝부터 가라(가짜), 가오, 다마, 무데뽀, 찌라시, 뗑깡, 돈까스 등 셀 수도 없는 일제 흔적들이 남아 있습니다. 흔해 빠져서 생략….

　몽골의 흔적도 800년이나 지났지만 곳곳에 남아 있습니다. 몽고 애들에게 강간당한 죄를 널리 구제하고 시혜한다고 해서 홍제동, 홍은동, 몽골 애들에게 당해 태어난 애들만 사는 곳이라고 해서 이태원동 그 밖에 장사치, 조랑말, 수라상, 아가씨, 아기, 무수리(소녀), 자기야~ 등 모조리 몽골어의 흔적입니다. '마누라'라는 말도 몽골업니다. 지금은 낮춤말로 격하되었지만 '마노라'는 조선에서는 당 3품 이상 아주 높은 사람의 여자에게만 붙이는 말입니다.

　마누라라고 부르면 마눌은 아주 싫어합니다.
　당 3품 마마님은 개나 물어가라 입니다.
　이유인즉슨 남녀 평등사회였던 신라 시대 이후,
　이 땅에 남자들이 도대체 한 게 뭐냐 이겁니다.
　지지리도 못나빠져 싸움만 났다 하면 깨지고

안에서는 물고 뜯고 지지고 볶다가 난리만 나면

앞장서서 도망가고 여자들만 직사하게 생고생시키고

이 땅에 씨 뿌리는 거 말고 남자들이 한 게 뭐냐는 겁니다.

세상 넓은 것도 좀 알고 배 타고 멀리멀리 쳐 다니며 서양 애들처럼 남의 것도 좀 빼앗아 오고 남의 땅에 깃대도 좀 꽂고 크게 크게 살려고 노력했던들 강토가 반으로 갈라져 오늘날 이 모양요 꼴이 나지 않았지 않았겠느냐는 것입니다. 기원전 플라톤 시대에서조차 철학가, 전사, 농 공 상인 순으로 계급을 나누고 전사(무사)를 지배 계급으로 우대했는데 중국조차도 외면한 유교 사상을 수입해 와서 사농공상 순으로 직업이념을 변질시키고 국력을 쇠약하게 만든 결정적 원인이 되었다는 겁니다.

동반 서반 합쳐 양반 것들이 방안에만 틀어박혀 공자 왈 맹자 왈 읊어대며 아녀자들 사타구니에만 신경 쓰고 좀 안다는 놈들은 패당이나 만들고 시기 질투 쌈박질한 거 말고 뭐 했느냐는 겁니다. 반도가 서쪽으로 내달았으면 눈이 시퍼런 색목인(色目人) 애들도 함께 데리고 살 뻔하지 않았겠느냐는 겁니다. 일본에서 150km, 부산에서 50km 지척에 떨어진 대마도 하나를 냉큼 주워오지 않고 도대체 뭣들 했느냐고 핏대를 세웁니다. 독도가 일본 땅이라고 외쳐대는 걔네들한테 하다못해 대마도는 한국 땅이라고 소리칠 배짱 하나 없느냐고 말합니다.

아내의 말은 틀린 게 하나도 없습니다.

바람 바람 바람

그렇게 당했으면서도 무인보다 문인에게 더 큰 칼자루를 쥐여 준 조상들의 정치에 아내가 화를 내는 것은 당연합니다.

하지만

마누라라는 호칭 하나 때문에 아내가 유관순 누나처럼 화를 내고 조상 할아버지들의 욕까지 내가 싸잡아 들어야 하는 이유가 어디 있단 말입니까!

한번 붙을까 말까 잠깐 고민하다가

굴종의 단맛을 기억하고 있는 파블로프의 잔머리는 비굴한 편을 택하기로 결정하였습니다. 따지고 보면 마눌 하는 소리가 영 잔소리만도 아니고요. 그래서 나는 마누라라는 표현을 일절 쓰지 않기로 마음먹었습니다.

如(같을 여) 寶(보배 보),

'여보'라고 부르기로 작정했습니다.

남녀평등의 뜻도 있고 더 소중하게 모시자는 순수한 의미에서 마음을 정하고 나니 기분이 흐뭇해집니다.

"여보로 통일하는 게 어때요, 여보?"

"누구 마음대로? 호칭이 뭐가 중한디? 있을 때 잘해!"

씰데없는데 신경 쓰지 말고 나가서 셔터 문이나 닫아욧!"

"네, 마님!"

비가 옵니다. 천둥번개만 치면 자동빵으로 마눌을 쳐다봅니다.
마님의 배가 언제 고프실까 눈치를 봅니다.

– 삼기산 눈치

바람 바람 바람

지청구

"지가 잘 나서 세상을 아는 게 아니야!

시간이 가면 저절로 알게 되어있고 세상이 다 알려 주는 고야! 당신이 아무리 좋은 의도로 상대방에게 말해도 상대방이 받아들일 마음이 없으면 다 잔소리야. 술만 먹으면 남자들은 가르치려고 하는 게 문제야…!"

마누라 지청구에 눈을 떴습니다.

어젯밤, 친한 사람들하고 술 한잔 하면서 한 후배에게 이것저것 아는 체를 해가며 포설을 떨자 못마땅하게 들어 둔 아내가 아침 눈 벌어지자마자 내게 한 소립니다. 들을 때는 아내의 말도 잔소리처럼 들리지만 틀린 말도 별로 없습니다.

牛飲水成乳(우음수성유)

蛇飲水成毒(사음수성독)

같은 물을 먹어도 소가 먹으면 우유가 되고
독사가 먹으면 독이 된다는 말입니다
같은 한솥밥을 먹는 데도 입만 열면 나는 패설이 나오고 아내
의 입에서는 주옥같은 이야기가 나옵니다.

젊었을 때, 공부완 담을 쌓고 별로 할 일도 없던 나는 만화책이
나 야시꾸리한 책들로 시간을 때워 웬만한 풍월은 읊는다 싶었는
데 인문학을 시작하고 6년이 지난 아내의 내공에 요즘은 가끔 밀
린다는 생각을 하게 되었고 목소리에서도 슬슬 주눅이 들기 시작
하였습니다.
아내는 그 어려운 『율리시즈』 같은 책도 읽었고 단테의 『신곡』 같
은 책은 극장에서 껌 씹듯이 다 씹고 던져 버렸습니다.

성적, 계급적 약자들이 무지하고 순진한 상태로 머물러 있기를
바라는 권력자나 제도권 세력들은 책 읽는 여자들은 너무나 위협
적인 존재였기에 여자들이 책을 가까이 두기를 원치 않았습니다.
책 읽기가 여자에게 쾌락과 인식의 문을 열어 주는 열쇠이기 때
문입니다. 실제 여자들이 책을 읽을 수 있는 자유를 얻기까지는
수백 년의 세월이 걸렸습니다.

장수 태생!
외할아버지는 일자무식이었습니다.

바람 바람 바람

글을 배우러 서당에라도 기웃거리면 작대기 쳐들고 쫓아다녀서 어머니는 결국 까막눈으로 살다 가셨습니다. 어머니를 일자무식의 까막눈으로 만들려고 했던 외할아버지와 그 할아버지의 할아버지들의 여자들에 대한 문맹정책은 다 이유가 있었습니다.

여자들은 시집가서 귀머거리 삼 년, 벙어리 삼 년, 장님 삼 년으로 평생 청맹과니처럼 살다가 그 집 귀신이 되어 봉사의 의무를 다해야지 시집식구들의 흉이나 험담을 글로 써서 친정으로 보내오는 처신을 해서는 안 된다는 이유였습니다.

'고초당초 맵다 해도 시집살이만 못하더라. 나는야 죽어 후생 가면 시집살이는 안 할라네'란 말이 오죽하면 모내기할 때 여자들이 불렀겠습니까!

고등학교 3학년 때, 안쓰러운 어머니를 위해 한글을 알려드리겠다고 어머니께 권했을 때, "이 나이 먹어 글을 배워 뭣한다냐, 이대로 살다 나는 죽을란다!"고 어머니는 말씀하셨습니다.

하지만 지금은 세상이 달라졌습니다.

여자들은 살기 위해 혹은 삶을 견디기 위해 책을 들었겠지만 디지털 유목민 사회에 진입한 21세기 첨단의 시대에 살고 있는 오늘의 여성들은 우리 할아버지와 같은 남성들의 사고를 꼴통 보수 또는 꼰대 마인드라고 라떼루를 붙이고 홍수처럼 쏟아지는 지식과 정보를 치마폭으로 받아들이고 있습니다. 도서관에 가 보면 책 읽는 여성들이 더 많습니다. 책 읽는 남자들은 찾아보기 힘들

정도입니다.

나는 책 읽는 아내가 은근히 걱정됩니다. 가정의 헤게모니 (Hegemony)도 아내에게 서서히 넘어가기 시작했습니다. 그렇지만 아내가 평소 하는 걸로 봐서 찌질하게 나에게 연금을 나누자고 할 사람은 아니라고 생각합니다.

하지만 어차피 시작한 독서, 아내가 끝장을 봤으면 좋겠습니다. 강연도 초청받아 다니고 강연료도 좀 챙겨오고 시간만 나면 아내는 도서관에 가서 살고 나는 자유로운 영혼이 되어 날라리 벌처럼 훨훨 날아다니며 살면 좋겠습니다. 나이 들면 각자 자기가 좋아하는 일들을 하고 사는 게 행복 아니겠습니까!

"할 테면 홍보도 좀 하고 잘 해봐! 방죽 물만 퍼 놓고 손 놓고 있으면 뒷감당을 누가 하라고!"

카페를 열어 놓고 도망 다니는 내게 오늘도 아내는 뒤통수에다 대고 소리칩니다. 요즘 또 다른 일을 꾸미고 있는 것을 눈치챈 듯합니다. 오지랖이 넓은 나는 평생 일을 저질러 놓기만 합니다. 뒷수습은 언제나 야물딱진 아내가 다 합니다. 사람과의 관계도 아내가 나보다 처신을 더 잘하는 거 같습니다.

의리와 신뢰를 중요시하는 나는 한 번 믿으면 웬만해서는 의심을 하지 않습니다. 최근 사람에게 크게 당한 이후로 '선천성 의심 결핍증'은 나의 병 중에 큰 병이라고 아내는 말합니다. 남을 의심

바람 바람 바람

할 줄 모르고 남 말을 잘 믿는 내게 "당신 귀는 팔랑귀"라고 낙관을 찍은 지 오래입니다.

　사람을 의심하면 안 된다는 내 말에 그것은 의심이 아니라 '확인'이고 껄끄러워도 해야만 하는 필요한 '도리'라고 아내는 내 주장을 묵살합니다.

　"이번 주말에 도서관 안 가요?" 라고 조심스럽게 묻자

　"안 가, 아니 못 가! 누구 좋은 일 시키라고?"

　아내의 '누구'가 일인칭인지 삼인칭인지 남잔지 여잔지 나는 도통 헷갈렸지만 아내에게 물어볼 엄두조차 내지 못하고 말았습니다.

– 삼기산 팔랑귀

보충역

▽
▼
▽

"4급 보충역입니다!"

착실하게 비육을 하고 아슬아슬하게 몸매 관리를 해온 아들의 목소리가 폰을 타고 넘어옵니다. 광주에서 받은 신체검사 결과입니다. 아들은 담담하게 말했지만, "엄마, 참피온 먹었어!", "대한민국 만세!"를 외치던 홍수환 선수가 갑자기 떠올랐습니다.

제 엄마와 누나들은 남자는 무조건 군대에 갔다 와야 한다고 두 주먹을 흔들며 비분강개했지만, 내 입에서는 "앗싸라비야!"가 먼저 튀어나왔습니다. 죽었으면 죽었지 다시 갈 게 못 되는 곳이 남자들이 생각하는 군대인데 철조망 근처에도 가 본 적 없는 여자들은 군대 갔다 와야 제대로 사람 된다고 말합니다.

남편이자 아빠를 바로 옆에 두고도 그런 말이 왜 나오는지 알 수가 없습니다. 군대를 한 번 더 다녀오라는 것도 아닐텐데 말입니다.

바람 바람 바람

철책선에 서 있어야만 나라를 지키는 것도 아니고 동사무소를 지키는 것도 그와 버금가는 일이라고 아무리 설명해도 방위 찌질 이는 집안의 수치라고 생각합니다.

예비군 통지서는 누가 나눠줄 것이며 전쟁 나면 총알은 누가 퀵 써비스를 할 것이며 동사무소 탄약고를 누가 지킬 것이며 예비군 명단 관리는 누가 다 할 수 있느냐고 따지자 여자들에게 맡기라 고 소대장처럼 말합니다.

전쟁 나면 전후방이 따로 없고 또 군대 가는 것이 줄 서서 가야 할 만큼 어려운 세상에 바득바득 우겨서 먼저 가야겠다고 나설 일이 전혀 아닌데도 남자는 총을 들어야 군인이라고 생각합니다.

사실 방위하면 한 수 깔고 가는 경향이 없지 않지만 요즘 세상 에 여자들의 집안일을 하대시하면 큰일 나듯이 제 앞마당을 지키 는 일도 마냥 얕잡아 볼 일도 아닙니다.

방위들 가방 속에 도시락 폭탄이 들어 있는지 중차대한 뭐가 들어 있는지 모르기 때문에 함부로 쳐내려오지 않는 북쪽의 애들 만 보더라도 보충역들도 나름 후방 국토방위의 한몫을 단단히 하 고 있다는 생각도 합니다.

말이야 바른말이지, 군대라는 것은 평화 시에는 아무짝에도 쓸 모없는 집단입니다. 유사시 한 번 쓰기 위해 가장 혈기왕성한 시 기의 젊은 애들을 집단화하고 그 물리적인 힘을 가두는 곳이기에 군대 규율과 기강이 필요한 집단이기도 합니다.

  군대라는 곳은 어떤 사람에게는 의미 있고 특별한 기간일 수도 있습니다. 하지만 내가 방위를 옹호하는 데는 다 이유가 있습니다. 다 외상 후 스트레스 때문입니다.

  원래부터 내가 문제 사병이었던 것은 아닙니다. 그 시절에 발칸 포병 향도반장으로 제법 똑똑하고 야무지단 소릴 들었지만 배치받고 간 첫날부터 돼먹지 않은 경상도 선임병들의 군기잡기와 밤만 되면 벌어지는 집합과 줄빳다는 내가 이해할 수 있는 수준을 넘어 버렸습니다.

  같이 배치받은 동기들 네 명은 가슴팍을 하도 맞아 목에서 피를 쏟을 정도였습니다. 기절도 잘 하지 않는 튼튼한 나는 야물다고 더 두들겨 맞았습니다.

  이러다가 죽겠다는 생각에 야간 근무 중 날 잡아서 제일 사나운 고참 상병과 맞짱을 떴습니다. 넘어진 선임병의 목에 대검을 쑤셔 박으려 했습니다. 한 번 꺾이면 다시 못 피는 게 '사기'입니다. 그 다음 날부터 사고 칠 문제 사병으로 찍혀 바로 창출부대로 추방되었습니다. 영화 '삐삐용'처럼 나는 항상 재수가 없었습니다. 이력이 붙게 되고 창설부대만 쫓겨 다녀서 텐트 치는 일, 삽질하는 일, 도라무깡통 나르는 일은 아주 이골이 났고 남들 두 번 하기도 힘들다는 유격을 세 번씩이나 차출되어 개고생을 했던 그 시절이 내 인생의 또 다른 혹한기였습니다. 젊어서 고생은 사서도 한다는 옛말은 고생을 안 해본 애들에게나 하는 말입니다. 고생을 안 해도 철들 놈은 다 알아서 철이 듭니다. 모병제(募兵制)인 미국애들은 다 철이 들지 않아야 합니다.

다시 가고 싶지 않은 군대 생활 36개월은 내겐 인류 문명사에 도움이 안 되었던 중세기 암흑천지와 별반 다를 바 없었습니다. 입에 올리기도 민망한 조뺑이, 뺑뺑이, 얼차려, 빳따, 오파운드 꼭깽이 라는 말들이 일상화되어 통용되는 공간이었고 실제로도 구체적인 체험들을 두루 경험했던 투박한 언어들이었습니다.

지금도 오줌을 깔릴 때는 그쪽은 쳐다보지도 않습니다.

일천 구백 칠십 팔년 유월 이십삼일

대학교를 연거푸 떨어지고 영장 받아 놓고 세월 죽이고 있을 때, 동네 친구 놈이 사고를 쳐서 자신의 여자친구를 임신시켰습니다. 건강한 친구 놈은 빽있는 부모가 힘을 썼는지 방위로 판정받아 논산 훈련소 4주 훈련을 들어가면서 "어떻게 한 번 봐 줘라, 친구야!"라고 통사정을 합니다.

재미는 단디 보고, 사고처리를 부탁하는 겁니다. 옳지 않은 일이었지만 모두에게 불행할 수 있는 문제를 처리해주지 않으면 안 되었습니다. 할 수 없이 그 날부터 노가다를 시작했습니다. 전주 근처 봉동에 위치한 3백여 평 뽕나무 뿌랭이를 캐내는 일이었습니다.

한여름 땡볕 아래서 15일간을 징글징글하게 고생하며 피 같은 돈 벌어다 결국 처리해주었습니다.

지난주 금요일, 아들은 보충역 방위가 되었습니다. 숨겨놓은 여자 때문에 아빠 노가다시킬 일 없길 바랄 뿐입니다. 다행히 아들은 그 나이 때의 나보다 몇 배는 노련하고 여자엔 관심조차 없는 거 같습니다.

나라별 군대 월급 차이

- 유럽 – 370만 원 + 생명수당 + 전사 시 보상금 7억 원
- 일본 – 550만 원 + 생명수당 + 전사 시 보상금 10억 원
- 미국 – 660만 원 + 생명수당 + 전사 시 국가유공자 국립묘지
- 대만 – 94만 원 + 생명수당 + 전사 시 보상금 5억 원
- 이스라엘 – 150만 원 + 생명수당 + 전사 시 보상금 6억 원
- 대한민국 – 15만 원 + 전사 시 장례보조금 9,000원(구천만 원이 아님, 구천 원임)

나라별 군 전역 시 혜택

- 유럽 – 퇴직금 1억 3천만 원 + 사회보장 대우 및 연금 혜택
- 일본 – 퇴직금 2억 6천만 원 + 취직 시 가산점 + 연금 혜택
- 미국 – 퇴직금 3억 8천만 원 + 대학 입학금 전액 지원
- 대만 – 사회가산점 + 사회복지시설 할인 혜택 + 세금 20% 감면
- 이스라엘 – 의료보험 혜택, 대학입학금 전액 지원
- 대한민국 – 혜택 없음

바람 바람 바람

나라별 군 관련 혜택을 훑어보던 나는 아들에게 소리쳤습니다.

"아, 방위는 개 값도 쳐주지 않습니다. 방위는 사람이 아니무니다!"

– 삼기산 김병장

벌초

▽
▼
▽

"꼭, 오늘 가야 돼요?"

벌초 가자는 말에 아들은 마뜩찮은 표정입니다. 일도 일이지만 자기하고 별 이해관계도 없어 보이는 일에 서너 시간씩 단순노동으로 땀 빼고 온다는 사실에 선뜻 동의되지 않은 것입니다. 벌초는 1년에 한 번 산 자와 죽은 자와의 소통이자 교류입니다.

명절만 되면 고향을 찾아 민족 대 이동이 시작됩니다.
누군 고향을 찾아서 누군 휴양지를 찾아서 떠납니다.
따지고 보면 현대사회에서 실향민 아닌 사람은 거의 없습니다.

나만 해도 전주 서학동에서 발아되어 민들레 풀씨처럼 겨우 한평생 이십몇 킬로를 날아와 삼기 풀밭에 질긴 잡초 같은 인생의 뿌리를 내렸을 뿐입니다.

명절만 되면 돼지고기를 신문지에 둘둘 말아와 평상 위에 툭 던져 놓고 담배를 꺼내는 아버지의 어깨엔 힘이 들어가 있습니다.

모처럼 가장 노릇을 한 것입니다.

어머니는 몇 근 되지도 않은 돼지고기에 김치와 물을 잔뜩 부어 온 식구가 먹고도 남을 김치찌개를 맛있게 끓여 내 오면 온 식구가 달라붙어 허겁지겁 먹던 기억이 납니다. 명절 때만 먹을 수 있는 돼지고기였습니다.

멀리서 온 친척들은 저녁에 앉아 옛날이야기를 합니다. 연례행사처럼 항상 언쟁으로 시작해 막장은 싸움으로 끝납니다.

"이 집구석에 다시 오나 봐라!"

탕탕 소리치고 떠나기도 하지만 언제 그랬냐는 듯 다음 명절 때 계란 짚꾸리라도 들고 또 내려옵니다.

식구(食口)이기 때문입니다.

성묘가는 그다음 날은 비포장도로를 흔들려가는 버스 안에서 몇몇은 멀미에 시달리기도 하고 짐짝처럼 구겨 넣어진 손님들의 비난과 불평 그리고 사나운 말처럼 난폭한 버스 조수간의 욕지거리가 난무하는 가운데 어린 나는 어김없이 오바이트를 하고 맙니다.

완주군 동상면 밤티 마을!

하루에 버스 한 대 다니는 첩첩산중 그곳은 아버지의 고향이고 선산 있는 곳입니다.

"아빠, 벌초하지 맙시다. 어차피 겨울에 다 말라 죽고 뒤돌아서면 웃자랄텐데 벌초하면 뭐합니까?"

"그래? 그럼 아빠 죽으면 개 꼬실르듯이 꼬실러 바다에 던져버리지 그러냐?"

"바다 어디가 좋을까요, 아빠?"

제사 안 지낸 건 남이 몰라도 벌초 안 한 것은 남이 안다고 아들을 겨우 설득해서 벌초하고 돌아오는 길에 갈퀴질에 지친 아들과 나눈 대화입니다. 아들놈은 나보다 한 수 윈 거 같은데 웃질 않으니 농담인지 진담인지 알 수가 없습니다.

자식새끼들 제삿밥 잘 얻어먹기는 애시당초 글렀습니다. 두루두루 잘사는 친구 따라다니며 제삿밥 동냥하는 것이 차라리 낫겠습니다.

"당신, 죽으면 나랑 합장할꺼?"
"합장이라니?"

바람 바람 바람

"아, 부부 합매장 말여~!"
"당신, 나 하나로 되겠어? 그 년한테도 함물어봐, 함께 들어갈 마음이 있는지!!?"

아이고!
사나 죽으나
사람은 구멍을 잘 찾아 들어가야 하는데
오늘도 나는 구멍 잘못 들어간 것 같습니다.

- 삼기산 바보

머니

△
▼
△

눈이 온다.

아침을 먹고 차 한잔하면서 밖을 힐끗 내다보니 함박눈이 내리고 있다. 아내는 별 감흥 없이 하던 설거지를 계속하고 있고 나는 회사 걱정을 하고 있다. 말은 안 해도 아내는 카페 매출을 염려하고 김장 걱정을 하고 있을 것이다.

칠십 년도 후반 크리스마스 이맘때, 대학을 연거푸 떨어지고 언제 나올지 모르는 영장을 기다리며 거리를 쏘다니던 그 시절 그 겨울밤에도 함박눈이 내리고 있었다.

'잭과 강낭콩'의 거인이 되어 우악스런 손으로 성냥곽 같은 모텔 뚜껑을 모조리 열어젖히고 들어가 잘못된 평균을 응징하고 삐딱한 정의와 평등 실현을 공상하며 추위에 떨던 가련한 내 인생의 그 한때, 그때도 함박눈이 쏟아졌었다.

군대를 다녀오고 대학 1학년 크리스마스 그즈음, 전주시내 한

복판 미원 탑 사거리에서 학고짝을 두 개 이어 붙이고 신문지 깔고 행상을 하던 그 겨울, 내 추억의 과객이었던 한 국문과 여학생은 나의 단골이 되어 주었고 그 겨울이 끝날 즈음, 우리 둘은 통행금지 시간을 지켜주기 위해 허름한 여관방을 찾아 들어가던 그 밤에도 어김없이 함박눈은 내려주고 있었다. 쓸쓸하기도 그림이 되어 주기도 했던 찬란했던 그 겨울의 함박눈은 삼십 년이 훌쩍 지나 버린 지금, 비참하게도 잘디잔 '꺽정거리'를 몰고 오는 물리적 기상 현상으로 전락이 되고 희망과 기대가 제거된 단순 액상으로 등가교환 되어 버렸다.

비단 눈이 아니어도 봄비에 가을 단풍에 가슴이 설레거나 뛰는 일이 내 평생에 다시 올까 싶지 않다. 살만치 살아서 웬만해서는 놀랄 일도 별로 없다. 나이를 먹어 간다는 것은 서글픈 일이다. 몸이 늙지 마음은 늙지 않는다는 말도 꼭 맞는 말은 아니다. 몸의 근력이 떨어지면 마음의 근육도 풀어지게 되어있다.

육신은 도미노와 같다. 멀쩡하다가도 어느 한 곳이 부실해지면 다른 곳으로 빠르게 전이 되는 게 신체 메카니즘인데 가만히 있어도 자동 빵으로 늘어가는 사채 이자처럼 내 몸의 기능도 서서히 하나둘 고장이 붙기 시작한다.

남자들의 노쇠는 목주름에서부터 온다. 팽팽하던 울대가 닭 주름으로 변하고 칠면조 피부처럼 늘어진다. 이빨은 부실 건축물처럼 하나둘 흔들리기 시작한다. 지면을 멀리 놓지 않고서는 활자들을 읽을 수가 없다. '노인이 죽으면 도서관 하나가 불탄다'라는 속담이 있는데 나이 한 살을 더 먹는다는 것은 허접한 경험들로 짜깁기된 남루한 책 한 권이 늘어나는 정도에 불과하다.

예전에 성철 스님이 한 말이 기억난다. 이 세상의 모든 경전과 책들을 합쳐서 그만한 솥에 찌고 삶고 다리면 한 글자, 마음 심(心) 하나 나온다는 그 말씀!

일체유심조(一切唯心造)라고 마음 하나 잘 관리하고 살면 되는 일인데 배우긴 뭐하러 배우고 살긴 뭐하러 사나 하는 생각이 든다.

인생은 늙어 가는 게 아니라 익어가는 거라고 했다는데 이런 식이라면 나는 설익은 땡감으로 그냥 남고 싶다. 내 나이 쉰 즈음에 육십 대들 하고는 절대 놀지 말아야겠다 라고 작심했는데 그 저항선은 한순간에 무너지고 그 심리적 마지노선은 칠십대로 그 하한선이 밀려났다. 그리고 그 경계선도 가까운 장래에 도래될 걸 생각하면 끔찍하고 아득하다.

"모두가 헛수고가 아니고 무엇이랴" 말하며 가스관을 입에 물고 자살한 '가와바타 야스나리'나 네 번에 걸친 결혼과 이혼, 평생 불륜적 삶을 사시다 마침내 권총으로 삶을 마감하신 '헤밍웨이 형님'이나 하나같이 구질구질하고 찌질한 인생, 운명에 지배당하는 인생이 싫다고 자기 의지대로 막장을 찍고 커튼 뒤로 사라진 것이다.

바람 바람 바람

창조적 에너지가 바닥나고 희망과 기대에 대한 절망과 포기는 시간이 가져다주는 대가다. 사랑은 삶의 최대 청량제이자, 강장제라 말하고 그대로 살다 가신 '피카소 형님'이 부러울 따름이다.

'의미 있는 말년'을 보내야 한다고 오래전부터 생각해 왔지만 갑자기 들이닥친 물리적 생물학적인 변화에 대한 이질감과 생경감은 아주 낯설다.

아직 다 태우지도 못한 그레이 로맨스가 저 내리는 눈밭 한편에 타다만 장작처럼 흉물스럽게 처박히는 신세가 되지는 않을까 싶어 내 처지가 오지게 청승스럽다. 나는 몇 장 남지도 않은 카드로 언제 쑤꾸 들어가나 만지작거리고 있다.

밖을 내다보니 우리 집 멍충이가 새끼들하고 정신없이 뛰어논다. 멍충이는 내가 데려다 키우는 진돗개 이름이다. 제법 족보 있는 녀석인데 하는 짓이 우직하고 돌쇠처럼 생겨 붙인 이름이다.

이 녀석은 아내를 둘이나 두고 산다. 한 마리는 보더콜리종 흑견이고 한 마리는 발바리 종 백견이다. 입맛에 따라 흑백을 골라가면서 올라탄다. 새끼들을 둘이나 낳고 잘 산다. 그것만으로는 성이 안 차는지 밤만 되면 외출하신다. 삼기면에 사는 모든 암컷들을 점지하고 수청을 받는다. 외박하고 들어오면서도 보무가 당당하다. 식구들에게 바가지 긁히는 일은 거의 없다. 오히려 제 식구들로부터 격하게 환영을 받는다.

차를 타고 오가다보면 집집마다 멍충이 비슷한 고만고만한 놈들이 수두룩하다. 낮에는 나이스하게 펜스 쳐진 멋진 집에 하얗게 골재 깔린 바닥에서 누워 지낸다. 개 줄도 목줄도 없다. 멋진 인생, 아니 나이스한 견생(犬生)이다.

따지고 보면 밖에 있는 멍충이보다 한 치 나을 게 없는 내 인생이다.

"눈이 오면 당신은 뭐가 제일 생각나?"

깜짝 놀라 시선을 거두고 아내를 쳐다본다. 서둘러 설거지를 마친 아내가 어느새 옆에 다정히 다가와 묻는다. 눈과 관계없이 이런 날은 안전 운전해야 한다.

"으응, 대학교 때 눈 덮인 하얀 교정을 당신과 함께 걸었던 때가 생각나지!"

"구라치지 말고 솔직히 말해 봐요! 당신 나 말고 따른 년 생각하지?"

시처럼 음악처럼 근사하고 로맨틱한 세계를 향해 날아가려는 것은 나의 '로망'이고 수단과 방법을 가리지 않고 그 상상의 세계에 아이스 브레이크를 박아 현실 세계에 나를 주저앉히려고 하는 게 아내의 '레알'이다.

"믿음, 소망, 사랑 중에 무얼 제일로 쳐주나?"

바람 바람 바람

"그야 물론 사랑이쥐~!"

아내는 내 볼에 입을 맞추며 유치원생처럼 힘차게 대답한다.

"그럼, 믿음, 소망, 사랑, 머니 중에 당신은 뭐가 제일 좋아?"
나는 고린도전서 13장에 나오는 말씀을 살짝 비틀어서 아내에게 던져보았다.

"머니 머니해도 머니~ 쇼우 미 더 머니~~!"

평생을 교회에 다녔던 신실한 아내는 예수님 말씀을 단도직입적으로 업어치기 해버렸다.

그해 겨울 크리스마스 이브 날, 경계선을 넘어오면 절대 가만두지 않겠다고 선언하며 내 옆자리에 바람처럼 누웠던 국문과 여학생, 가희는 이 함박눈을 맞으며 어디선가 나를 비웃고 있을 것이다.

"짐승만도 못한 피엉신~!"

- 삼기산 허당

바람

▽
▼
▽

아내는 오늘도 화장을 합니다. 하지만 내 앞에서 화장하는 일은 거의 없습니다. 아내는 귀를 뚫은 여자입니다. 하지만 내 앞에서 귀걸이를 하는 일은 결코 없습니다. 아내가 나를 위해 화장하는 일은 연애할 때 빼고는 거의 없습니다.

아내의 화장은 결과적으로 나와는 별 상관이 없는 것 같습니다. 그런 점에서 볼 때, 여자들의 화장은 남자들에게 잘 보이기 위해서라기보다 다른 여자들보다 더 멋지게 보이려고 화장하는 것이 아닌가 생각합니다.

아내가 관심을 두는 것은 책 읽는 것하고 내가 외출하고 돌아올 때뿐입니다. 옷에 머리카락이라도 묻어 있으면 어떤 년 하고 있다 왔느냐고 꼬치꼬치 캐묻습니다. 머리카락이 없으면 하다하다 이제 머리까진 년 하고 사귀느냐고 따집니다. 나는 숨을 곳이 이제 지구상에는 더 이상 없습니다.

여자가 남자에 대해 생각하는 건 대부분 맞고,

남자가 여자에 대해 생각하는 건 대부분 틀리다 라는 말은 틀렸습니다. 여자의 직관을 무시할 순 없지만 사람에 따라 다르고 상황에 따라 다르기 때문이다.

외출을 길게 다녀오면 이리저리 말을 시킵니다.

말이 꿰지나 안 꿰어지나 유도심문하고 있다는 걸 나는 다 알고 있습니다. 궁금하고 아주 재미있어 죽겠다는 표정으로 말을 시키고 있지만 아주 조심스럽게 그리고 성실히 답변해야 합니다. 다 듣고서 구슬이 안 꿰어진 부분이 있으면 집중적으로 반복해서 질문이 쏟아집니다. 아내는 거의 '셜록 홈즈'입니다. 아내는 나에 대해 모르는 것이 없습니다. 다만 모르는 척할 뿐입니다.

"남자를 사랑하려면 조금만 사랑하고 많이 이해하라. 여자를 사랑하려면 많이 사랑하고 결코 이해하려 하지 마라."

어느 방송인이 TV에서 한 말입니다. 진리처럼 들리지만 사실 이 말도 정확히 일치하는 말이 아닙니다.

여자는 많이 사랑하고 많이 이해하거나

많이 사랑하고 이해하려 하지 않으면 문제가 없습니다.

나는 아내를 이해하려 하지 않습니다.

여자를 이해하려는 것은 바닷물을 마시는 거와 같기 때문입니다. 그냥 계산기를 던져 버리고 상대를 인정해주면 된다고 생각합니다.

"여자들은 남자들을 관리할 필요가 없다.

똑똑한 남자는 관리할 필요가 없고

멍청한 남자는 관리해도 소용없고

아내를 사랑하는 남자는 관리하지 않아도 되고

아내를 사랑하지 않는 남자는 관리할 자격이 없다.

그러니 여자로 아내로 열심히 살면 된다."

시진핑의 똑똑한 부인 펑리위안이 한 말입니다.

똑똑한 남자는 관리할 필요 없고, 아내를 사랑하는 남자는 관리하지 않아도 되는 축에 들기 때문에 아내는 나를 관리할 필요가 전혀 없습니다.

그런데도 아내는 나를 지속적으로 관리하려고 합니다.

유행가 가사처럼 사랑의 밧데리가 방전될까 우려해서 그러는 것 같기도 합니다. 자동 충전기가 장착되어 되어 있는 남자들도 많다는 사실을 아내는 인정하려 하지 않습니다. 또 한 가지, 남자는 관리한다고 관리될 수 있는 동물이 아닙니다. 남자는 고칠 수 있는 기회는 단 한 번뿐입니다. 그가 어렸을 때입니다. 그러니 관리한다는 게 무의미한 일입니다. 어? 할 때 잡아야지, 아! 할 때는 이미 '때는 늦으리' 입니다.

나는 공사가 다망(多忙)한 사람입니다.

바람 바람 바람

그렇다고 해서 공사가 다 망(亡)하지는 않았습니다.

그리고 지금까지 살아오면서 이러저러한 일로 나는 아내에게 충분히 응징을 당했습니다. '미필적 고의'라기보다는 순전히 '업무상 과실'로 인한 실수라고 말하면 아내는 들은 척도 안 합니다.

'쌍방과실'일 수도 있지만 아내의 입장에서는 '정상참작'이 전혀 안 되는 '일방과실'로 아내는 판결을 내려 버립니다.

다행히 아내는 나를 아직까지는 괜찮은 남자로 분류해 놓고 있습니다. 아직은 쓸 데가 좀 더 남아 있다고 생각하고 있는 것 같습니다. 나 또한 이 세상에서 아내만한 여자를 아직 만나 보지 못했기 때문에 힘이 있는 동안 최선을 다할 생각입니다.

"당신은 완벽하지 않아! 다만 내가 원하는 전부일 뿐!"

이 말을 듣고 시쳇말로 나는 '뻑'이 갔지만 나의 기를 살려 주기 위해 아내가 꾸며낸 이야기라고 추측하고 있습니다.

여자가 결혼할 때 보는 세 가지 조건이 있습니다.

'첫째는 남자의 돈이고 둘째는 남자 집안의 돈이며 셋째는 자신에게 돌아올 돈이다'라는 말입니다. 결혼할 당시 집안의 경제 사정이나 여러 가지 조건에서 결격사유가 넉넉하게 있음에도 불구하고 나 같은 흙수저 출신의 보잘것없는 사람을 아내는 초이스 해주고 한 인간으로 만들어 놓았으며 남자사용설명서가 전혀 없고 고장 난 로봇처럼 거칠고 투박한 나를 최적의 상태로 사람 구실을 할 수 있게 구동시켜 놓았습니다. 또한 아내는 나를 바보로 만드는데 20분이면 충분한데도 불구하고 양쪽 눈을 감고 넉넉하게 이해하고 여지껏 나를 데리고 살아 주는 아내가 고마울 따름입니다.

아!
오늘 내가 왜 이러나!
후진이 안 된다. 너무 멀리 나간다.

사실 덩치만 크지 남자들은 '애'와 같습니다. 남자들은 철들면 죽습니다. 아웃 오브 안중 하는 순간 사고를 칩니다. 사실 우리끼리 하는 이야기지만 남자들은 일본 놈 순사처럼 계속 주시해야 합니다.

하지만 아내가 알고 넘어가야 할 부분이 있습니다. 여자는 사랑을 독점하려고 하고 남자는 나누려 합니다. 남자의 원형질은 다처주의자들입니다. 일부일처제로 진화되어 가고 있을 뿐입니다. 이 점을 인정해야 합니다.

나를 기회주의자라고 일부 남자들은 폄하할 것입니다. 남자 망신 다 시킨다고 남성권익위원회에서 '가위'를 보내올지 모르겠습니다. 그러나 서로 말을 안 해서 그렇지 알만한 선수들은 이미 다 알고 있는 내용이다.

바람 바람 바람

나는 사방팔방 나댕기는 날라리 벌처럼 살았습니다.

서정주 시인의 말처럼 나를 키운 건 팔 할이 '바람'입니다.

이번 주에 골프하러 갔다 오면 장문의 질문서가 나를 기다리고 있을 것입니다. 나는 아내에게 답변할 성실하고 진정성 있는 답안지를 이미 넉넉하게 만들어 놓았습니다.

가을이다!

단풍은 붉고 하늘은 푸르다.

고추나 말려야겠다.

- 삼기산 무우말랭이

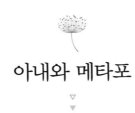

아내와 메타포

▽
▼
▽

　최근 아내와 〈우편배달부〉라는 영화를 함께 보았다. 시인 파블로 네루다와 한 시골 청년의 우정을 그린 영화다. 우편배달부를 통해 시와 메타포 그리고 시골풍광이 잔잔하게 그려진 영환데 영화나 책으로 엄청 히트한 작품이다.

　아내는 영화가 시작되고 10분도 채 지나지 않아 잠이 들었다. 한마디로 영화가 별로 재미없다는 거다. 나는 아내가 잠자는지 영화를 보는지 귀신같이 알아챌 수 있다.
　5초간 정지화면처럼 미동을 하지 않거나 숨소리가 나지 않으면 백퍼 잠든 거라고 보면 된다. 30년간을 함께 살아왔는데 그거 모르면 멍충이다. 영화가 끝나고 아내가 뜬금없이 질문한다.

　"'메타포'가 뭐야?"

바람 바람 바람

영문학을 전공하지 않아도 메타포가 뭔지는 알만한 사람은 다 안다. 이상하다 싶었지만 일단 성실하게 답변하기로 마음을 먹었다.

"어떤 상황이나 감정을 표현하는데 직유와 은유가 있는데 매타포는 일종의 암유(暗喩) 같은 거지!

감춰서 표현하는 것!

예를 들면 네루다의 詩 중

'나였던 그 아이는 어디 있을까! 아직 내 안에 있을까 아니면 사라졌을까.'라고 표현하면 은유고,

'그때의 그 새끼가 이 새끼 맞어?'라고 표현하면 직유라고 할 수 있지!"

"무슨 그따구로 비유하고 그래? 좀 고상하게 설명해 봐요!"

"옷을 벗으면 예술이요, 깨를 벗으면 외설이라고 당신이 했던 말 기억나?

그 표현 안에 메타포와 직유가 다 들어있다고 보면 돼.

여인이 옷을 벗지 깨를 벗는다고 하지 않잖아?

여자가 깨를 벗는 순간 저속과 난잡이 들어있다는 의미야! 사실 사랑은 메타포로 시작해 메타포로 끝난…"

"그래서 당신이 그렇게 연애를 잘하는구만?"

아내는 말허리를 댕강 자르고 드립다 들어온다.

'수필은 청자연적(青瓷硯滴)이다'라는 피천득 선생님의 말이 입 밖으로 나오려는 순간, 난(蘭)이 분질러지고 학(鶴)이 날아가 버리고 말았다.

희망적 사고(Wishful thinking)처럼,

아무리 진실을 말해도 아내는 믿고 싶은 건만 믿고 보고 싶은 것만 보고 싶은 것이다. 이 정도면 심리학적으로 '확증편향'이라는 표현이 맞다.

사실 아내는 불편한 '더듬이'를 가지고 살 필요도 없는 착하고 평범한 여자였다. 아내를 의심의 깔때기로 만든 건 내 책임이 크다. 하지만 나는 남자다. 지구의 반은 여자인데 애초에 내가 남자만 만나라고 설계되지 않은 게 문제라면 문제인 것이다.

플라톤의 『향연』에서 아리스토파네스의 연설에 나오는 내용이다. 아주 먼 옛날, 남자와 여자, 그리고 남-여를 동시에 가진 세 종류의 성이 있었다. 이들은 자웅동체를 가진 형태로 팔다리를 4개씩 가지고 있고 날쌔고 똑똑했다 한다. 헌데, 이놈들이 어느 날 신(神)과 한판 뜨겠다며 하늘을 향해 제단을 쌓기 시작했다.

이에 열 받은 제우스가 골치가 아팠다. 이놈들을 놔두자니 계속 엉겨 붙게 생겼고 싸그리 없애자니 신들에게 제사 지낼 놈들이 없어지게 될 판이다. 고민에 빠진 제우스는 기똥찬 묘책을 생

바람 바람 바람

각해냈다.

이놈들을 반반 나눠서 힘을 빼버리면 다시는 엉겨 붙을 생각을 못하게 되고 제사 지낼 놈들도 더 많아질 거라고 생각한 제우스는 반을 자르되(Sexus) 아폴론에게 치료를 부탁한다.

이에 아폴론은 제우스 말대로 외과 의사처럼 둘로 잘라서 그들의 살가죽을 배쪽으로 잘 모아서 묶고 안으로 밀어 넣어 이쁘게 잘 봉합했는데 인간들은 그곳을 '배꼽'으로 부르기 시작했다는 것이다.

이렇게 해서 하나에서 둘이 된 인간들은 자신의 반쪽을 찾아 헤매기 시작했다는 것이다. 결국 남－남, 여－여의 性은 자신의 반쪽인 동성을 찾아 헤맬 수밖에 없게 되었다는 것이다. 오늘날 결혼식장에서 서로의 반쪽을 찾았느니, 다르게 살아온 이 둘이 오늘 한몸이 되었다느니 하는 표현들이 다 거기에서 나온 이야기들이다.

나는 확신한다. 그리고 선언한다.
현재의 내 아내는 나의 영원한 반쪽임을!

다만 김태희와 살아도 전원주 같은 여자와 바람핀다는 속설은 다 그놈의 반쪽이론 때문이라는 것을 아내가 제발 알아주었으면 하는 바람이다.

아무리 예뻐도 내가 새를 사랑할 일 없고 아무리 고와도 사슴을 좋아할 수는 없는 일 아닌가!

개네들 입장에서도 마찬가지다.

사슴은 사슴끼리, 새는 새끼리 사랑해야 하고 그래야 서로 행복할 수밖에 없다. 플라톤이 말한 '종족의 우상(偶像)'이다.

아내는 내가 동물자유연대에 가입하지 않은 사실에 감사할 줄 알아야 한다. 그럼에도 불구하고 아내는 내 핸드폰을 압수하고 조사할 권리를 자가 부여시켜 버렸다. 승질 나면 아내가 나를 조지고 응징할 권리도 가지고 있다.

나는 항복하고 다 인정했다.

아내의 묵비권이나 묵언수행은 세 끼 밥을 차압당하는 것보다 훨씬 더 무섭기 때문이다. 어설픈 나의 가치관이나 철학으로 위장된 소모적 논쟁은 이제 씨알도 멕히지 않는다.

아내의 빈자리는 더 무섭다.

나는 이제 나이도 먹을만치 먹었다. 살날이 노루꼬리만큼이나 남았을까!

함께 나란히 누워 내 핸드폰을 조사하는 아내의 자그마한 손과 투박한 손톱을 보는 순간 갑자기 울컥한다. 언젠가 닥칠 당연한 관계에서의 이탈과 평범하기 짝이 없는 아내의 익숙한 이 모든 것들과도 준비 없는 이별을 하게 되고 서둘러 이 낙원에서 나는 영원히 추방될 것이다.

아! 나는 이제야 철이 드나 보다. 아내의 핍박과 잔소리는 찬송이요 진정 아름다운 메타포임을 이제야 터득했으니…!

나는야, 만생종(晩生種)!

- 삼기산 팔불출

꺼삐딴 리

"당신, 박종호 정신과 원장님한테 가 봐요. 내가 보기에는 당신은 망상장애 질환이 있는 거 같아. 그것도 심각한 과대망상질환!

당신은 자신을 턱없이 높게 평가하고 그걸 믿어버리는 게 문제야!

그리고 정치를 하려면 처세의 달인이어야 하고 시류에 따라 변절하고 순응하면서 살아가는 출세 지향적인 기회주의자여야 하는데 당신은 돈키호테일망정 거짓말쟁이는 아니잖아?"

익산 쪽의 정치적인 세력을 제법 가지고 있는 정치인이 어느 날 찾아와 "함께 정치합시다!"라는 제안을 받고 며칠 고민하다 아내에게 조심스럽게 말하자 아내가 나에게 한 말이다.

맞다!
아내 말이 백 퍼센트 맞는 말이다.

정치를 잘하려면 무당파이거나 비주류로 기계적 균형 감각을 가지고 교도소 담장 위를 잘 걸어가야 하는데 나는 온정주의가 강한 사람이다. 조폭들이나 흉내 내는 일종의 '변종 정의파'에 속한다고 할 수 있다. 박쥐처럼 약거나 변온동물처럼 처세술에 능하거나 해야 하는데 나는 이게 잘 안되는 사람이다.

『꺼삐딴 리』라는 소설이 있다. 고등학교 때 내가 읽은 전광용의 단편소설이다. 그때 나는 무슨 바람이 불었는지 한국의 단편문학 전집을 섭렵하고 있을 때였다. 꺼삐딴은 영어 캡틴(Captain)의 러시아적 표현이다.

줄거리는 대충 이렇다. 이인국은 일제강점기 일본 제국대학을 졸업한 최고의 인텔리 의사다. 그는 식민지 시대 내내 친일 행적으로 성공 가도를 달린다. 하지만 해방과 함께 소련군이 북한에 진주하면서 친일파로 몰려 감옥에 갇힌다. 그는 감옥에서 죄수들 사이에 만연한 이질을 제압하면서 소련 군의관의 인정을 받는다.

이인국의 아첨과 친절에 매료당한 스텐코프는 '꺼삐딴 리'라는 별명을 붙여 주며 환대한다. 그러나 곧바로 한국전쟁이 터지고 월남한 이인국은 다시 친미파로 거듭난다. 그는 남한 미국 대사관의 브라운에게 값비싼 고려청자를 선물하며 환심을 산 뒤 도미한다.

이인국이 일제 식민지 치하에서도, 소련군 점령하의 북한에서도, 그리고 월남한 뒤 미군이 좌지우지하는 남한에서도, 성공을 거듭한 지난날을 자랑스럽게 돌이켜 보는 장면으로 소설은 끝이 난다.

그가 한 말 중 특히 기억나는 대사가 있다.

"사마귀 같은 일본 놈 틈에서도 닥싸귀 같은 로스케 틈에서도 살아남았는데 양키라고 다를까?"

『꺼삐딴 리』는 근현대사의 변화 과정에서 생존과 출세를 위해 한 지식인이 어떻게 처세하고 변절해 가는가를 리얼하게 표현한 명작이다. 내가 서두부터 '인텔리겐치아'인 척하는 이유가 있다.

하도 방송에서 떠들어 대니 나까지 나불댈 일이 아니지만, 우리나라 국회의원들이나 일부 정치인들이 하고 다니는 작태를 보면 참 한심스럽고 염려스럽다. 초등학교 학생들도 이러지는 않는다. 초등학교 학생회의 수준에도 못 미치는 청문회나 정당 활동들을 하고 있다. 고함과 욕설에 삿대질까지 정말 애들 보기 창피하다. 같은 사안을 두고서도 여 야의 위치가 뒤바뀌면 백팔십도 눈이 뒤집힌다. 요즘 조폭들도 한순간에 그렇게 표리부동하지 않는다. 남의 약점과 상처를 보는 순간 하이에나처럼 공격한다. 실력과 능력을 가지고 의정활동하기보다는 노이즈 마케팅을 일삼는다. 표 달라고 할 때는 머슴처럼 기다가 뺏지를 달면 정승처럼 표변한다. 그야말로 후안무치다. 멀쩡한 사람들도 국회로 보내면 애들도 하지 않는 패싸움을 시작하고 부패의 사슬에 고리를 건다. 힘없는 초선이야 줄을 서야 한다고 하지만 재선 삼선 하는 사람들도 하나같이 똑같다. 오히려 더 뻔뻔해지고 부패의 판을 더 키운다.

자리를 만들어 주는 순간 규제 조항들부터 만들고 까칠하게 일처리하는 공무원들처럼 힘쓸 데 어디 없나 갑질부터 연구한다. 뇌가 두부로 만들어지지 않고서는 그럴 수는 없다.

2천 년 전 사람들도 이러지는 않았다. 그리스 로마 시대 정치가들의 대망과 국가주의를 그들도 모르지는 않을 것이다. 『플루타르크 영웅전』이나 『로마인 이야기』를 한번 읽어봐라. 얼마나 멋진 설득과 연설들을 하는지. 그 어려운 시기를 헤쳐 나온 처칠이나 링컨의 정치학을 진정 몰라서 이러는가! 정말 멋스럽지 않고 낭만스럽지 못하다. 위트도 없고 유머도 없다. 상생의 정치를 모른다. 진보와 보수가 어디 있는가! 오로지 국민만 생각하고 나라를 위한 큰 그림을 그리라고 그리 보내지 않았는가 말이다.

"정치를 외면한 가장 큰 대가는 당신보다 더 멍청하고 저질스러운 인간에게 지배당하는 것"이라고 플라톤은 말한다. 지난 수십 년 동안 부역정치인, 부역언론인, 적폐세력, 공범자들로 요약되는 이들로부터 무시되고 지배당했다고 생각하면 자다가도 벌떡벌떡 일어난다.

박근혜는 멍청하고 몰라서 그렇다 치고 우리 시대의 꺼삐딴 리, 이명박의 치적(?)은 도저히 묵과할 수가 없다. 통치수단이 아닌 자신의 치부 수단으로 나라를 이용한 이런 사람에게 투표한 내 손가락을 부러뜨리고 싶을 때가 한두 번이 아니다.

정치인들의 과거 범죄를 단죄하지 않는다는 것은 미래 범죄에

용기를 주는 것과 다름 아니다. 알베르 까뮈의 말이다.

눈알을 부라리고 침을 튀겨가며 허공을 향해 주먹질하는 나를 보고 아내는 딱 한마디 한다.

"당신이 아니어도 나설 사람 많고, 그 사람들 이제 겨우 소매 걷어붙이고 판 벌리는데 당신이 광팔 일 뭐 있어? 괜히 나섰다 피박 쓰지 말고 당신은 하던 일이나 해요!"

"찍~!"

‒ 삼기산 피박

바람 바람 바람

세번째 바람,

HOPE

노출증

▽
▽
▼

'모난 돌이 정 맞는다'는 속담은 맞다.

자신을 드러내지 않고 사는 게 일반적인 사람의 정서다. 특히 현대인들은 얽히고설키며 사는 것보다 단순하고 독립적으로 사는 게 편리하고 안전하다고 생각한다.

자기 생활에 쉴드치고 산다.

남의 일에 끼어들기도 간섭받기도 싫어한다.

그런 점에 비추어 볼 때, 나를 두고 '전근대인'이거나 '봉건시대 중세인'이라고 표현하는 아내의 낙인은 결코 틀린 말은 아니다.

"당신은 어찌 못 드러내서 한이고 못 튀어서 병이야? 당신은 '다발성 노출장애 환자야!"

둘째 딸이 전국 국악방송의 패널로 고정 출연하면서 지난주 방송내용을 올리려는 나를 보고 아내는 나를 급기야 정신질환자로 몰아붙이며 제동을 건다.

다른 사람들과 함께 정보 교환하는 밴드에 가족 이야기를 올리는 터무니없는 짓을 어찌할 수 있느냐는 것이다. 정상인이라면 가능한 일이 아니라는 것이다.

하루는 작은 인생과 다름없는데 나는 거진 매일 깨지는 인생을 살고 있다. 요즘 아내는 숫제 허즈밴드 패싱(Husband passing)이다. 지켜보되 건드리지 않는다(eyes-on and hands-off)는 정책으로 바꾼 거 같다.

"여자와 남자는 생긴 구조부터 다르고 사람마다 다 다른데 어찌 비슷하게 살라는 거야?"

노룩패스(No-look pass)로 숟가락을 건네주는 아내에게 나는 소리쳤다.

"못나고 부족한 것조차 하늘 아래 드러내 놓고 낄낄거리는 사람은 가수 조영남하고 당신뿐일 고야!"
화성인 바이러스에 감염된 환자에게 아내는 해독제 처방처럼 판정을 내린다.

여성은 여성스러워야 하고 남성은 남성다워야 한다고 아내는 생각한다. 다시 말해 남자는 입에 오바로크 친 크레믈린 같이 과묵해야 한다는 것이다. 아내는 경상도 남자 취향이지만 그것은 하

　　　　　　　　　　　　　바람 바람 바람

나만 알고 둘은 모르는 이야기다.

심리학자 칼 융(Carl Jung)은 여성 속에 존재하는 억제된 남성적 속성을 아니무스(Animus)라 한다면 남성의 무의식 속에 원초적으로 부여된 여성적 특성을 아니마(Anima)라고 학문적 정의를 내린 바 있다. 그렇다고 이 두 가지로만 구분 지을 수 있다는 게 아니다. 오히려 인간은 다중적이다. 인간은 '자기'라는 핵을 중심으로 여러 원형(Archetype)들로 둘러 쌓여있는 존재다. 의식 무의식, 자아, 콤플렉스, 아니마(여성성) 아니무스(남성성), 그림자(부정적 요인), 페르소나(가면) 등 복잡한 형태의 의식구조를 가진 존재다.

이중 나의 어떤 원형이 발현되어 아내로부터 '다발성 노출장애자'로 판정이 내려졌는지는 나도 모른다.

하지만 여성성, 남성성으로 양분시키고 남자는 남자다워야 하고 과묵해야 한다는 아내의 재단(裁斷)은 보편적이고 정형화된 관념일 뿐이다. 인간들은 껍질만 다를 뿐 속은 다 비슷비슷한 '섞어찌개' 군상들이다.

사람들은 자기 식대로 인식하고 자기 편할 대로 받아들인다. 어떤 한 사람을 두고 '까졌다'커니 '점잖다'커니 하는 이분법적 정의는 위험하다.

사람의 판단기준은 애매모호할 뿐만이 아니라 '관념'이란 단지 자신들의 기억의 편린들을 조합한 '불완전한 퍼즐'의 완성과 다름 아니다.

나는 하는 짓거리에 비해 아는 게 너무 많다. 어찌 보면 이 허무맹랑한 '근자감'이 노출폐단의 한 원인이 될 수도 있다. 겉은 멀쩡한데 입만 벌리면 음담패설이 나온다고 말한 친구 박명수 원장의 말도 틀린 말이 아니다.

대학 때 교육심리학을 부전공했는데 살아가는데 전공보다 훨씬 쓸모가 있는 학문이다. 아내에게 아는 체하는 데에는 심리학이 최고다.

내가 가진 지식은 대학교 때 배운 것이 전부다. 나는 근엄 과묵 체통과는 원래 거리가 먼 사람이다. 태생적으로 장난끼로 똘똘 뭉쳐 있으며 어디 가서 사고 칠 게 없나 기웃거리는 '피터팬 증후군' 속에 빠져있다고 보면 된다.

나이 먹어 가면서 가까운 사람끼리 남의 흉이나 보고 음담패설하고 킬킬대며 노닥거리는 게 얼마나 재미지고 알찌는 일인지 여자들은 모를 것이다. 또 그게 여자들의 전유물만은 아니라는 사실도.

'사내새끼 마음은 갈대, 남자의 몸은 철새!'라는 속담도 남자들한테 진즉 등기이전 끝났다는 사실을 아내만 모르고 있다. 아! 나는 얼마나 '도둑'적인 인간인가!

아내는 일상을 감추려 하고 나는 늘상 오픈시키려 한다.

― 삼기산 갈대

바람 바람 바람

리비도(Libido)

아내는 교회에 나가지 않는다.

아니, 못 나간다.

카페를 시작한 이후부터 나가지 않는다.

아내는 태어날 때부터 신자(信者)다.

직원들이 알아서 하기 때문에 일요일에 교회에 나가도 하등 문제 될 게 없는데도 아내는 오늘도 손님 없는 카페를 지키고 앉아 있다.

'진리를 알지니, 진리가 너희를 자유케 하리라'는 예수님 말씀처럼 책을 많이 읽어서 구애 없는 도통의 경지에 들어섰나 하는 의구심이 가끔 들기도 하지만 인문학 6년 했다고 그 경지까지 넘본다는 것은 언감생심 택도 없는 소리다.

장모님처럼 평생을 교회에 다닌 아내가 갑자기 기독교 신앙을 외면하고 하나님과 맞짱을 뜨는 일은 결코 가능한 일이 아니다.

모든 것을 기독교적인 선과 악, 사회적 도덕률을 기준으로 판단

하고 재단하는 아내가 교회에 나가지 않는 숨겨진 비밀을 나는 도
통 이해가 되지 않았다.

불안한 상황을 오래 끌고 가기에 여러 가지로 불리할 것 같아서
내가 잘 아는 '헤세 형님'을 소개했다. 헤르만 헤세는 내가 제일
존경하는 형님이시다. 나에게 알량한 선지식이 있다면 그건 순전
히 헤세 형님의 영향이 크다.

재수할 땐가?

해야 하는 공부는 안 하고 청계천 헌책방에서 노닥거리다가 걸
린 헤세의 『知와 사랑』을 읽고 한마디로 나는 '뻑'이 갔다. 그 이후
한동안 헤세 형님과는 미아리 삼양동 골방에서 꽤 오랫동안 함께
지냈고 핑계 같지만 그 결과 나는 보기 좋게 대학을 또 떨어지고
말았다. 운명은 사람을 차별하지 않는데 대학은 사람을 차별한다.

아! 삼천포로 또 샜다.

헤세 형님 삐지겠다.

누구보다 아내도 잘 알고 있을 내용이지만 아내에게 『데미안』에
나오는 이야기를 슬쩍 던졌다.

"아브락사스(Abraxas)는 신과 사탄, 또는 선과 악의 양면성을 모
두 갖고 있는 존재인데 우리는 그 어느 것도 무서워해서도 안 되
고 우리들 영혼이 우리 마음속에서 생각하고 소망하는 그 무엇도

바람 바람 바람

금지되어서는 안 된대. 따라서 아브락사스의 날갯짓을 선과 악의 잣대로 판단하지 말라는 게지.

세간의 도덕적 시각과 판단에 따라 우리의 사고와 생각을 제약해서는 안 된다는 거야. 인간은 타자(者他)의 욕망을 욕망하는 존재이기에 타자의 욕망을 파괴해야 진정한 자아가 된다는 거야…!

인간 세계도 곧 아브락사스와 꼭 닮아있다고 보면 돼. 교회에 나가고 안 나가고, 신을 믿고 안 믿고를 '길티 노길티' 또는 '선과 악'의 기준으로 생각하지 말라는 거지!

선과 악, 옳고 그름도 신이 인간들에게 요구한 게 아니라 인간들이 우리 스스로에게 정하고 부여한 관념에 불과하기에 너무 예민하게 받아들일 필요 없어요.

그 어떤 이념이나 종교도 '진리(Veritas)' 그 자체를 뛰어넘을 수 없고 시대적 상황이라는 것도 있고 뭐…"

자크 라캉의 이론까지 비벼서 조심스럽게 말을 마치자마자 아내는 갑자기 빽하고 소리를 질렀다.

"그럼, 당신이 여자들에게 뻗치는 껄떡거림도 당신의 상황적 합리주의 신(神)인 아브락사스는 다 이해되고 용서가 되겠네?"

"아이구, 깜딱이야!"

그렇다. 아내는 자기처럼 신실하게 교회에 나가고 열심히 살아온 보답으로 지금의 헝클어진 상황과 복잡한 지경을 초래한 남편의 심리를 도저히 이해할 수 없는 거였다.

아내는 내게 오는 이상한 전화를 도저히 용서할 수 없는 거였다. 건전하게 밥 한 끼 하자는 여인들까지야 내가 어떻게 말리겠느냐는 말이다. 까칠한 캐디 언니들조차도 흔쾌히 내 백을 들어주고자 하는 것도 내 잘못일까!

"그건 내 니비도가 좀 강해서 그런 거야. 당신이 좀 이해해야 되지 않겠어?"라고 툴툴거리자

"니비도 라고? 니미뽕이 좋겠다!!"

한국통사보다 더 두꺼운 유대 고대사인 『요세푸스』를 읽고 있던 아내는 내 면상에 책을 던져 버렸다.

아! 바로 그거였다!

아내는 내게서 길티(죄의식)한 감정을 쥐어짜려는 속셈으로 교회에 나가는 자신의 루틴을 차단시키고 지나치게 자유로운 나의 의지에 차꼬를 채우려는 공작정치를 하고 있었던 것이었다.

내가 누구를 만나든 '지금'이라는 시간의 단면은 잘려진 존재로 그 사람에게 인식된다.

시간의 단면성이다.

아내를 처음 만나 지금까지 그 시간의 단면 뒤로 나와 아내만의 긴 시간의 축이 형성되었고 부부간의 신뢰와 믿음이 아름답고 다양하게 수놓아져 있다고 나는 착각했다.

　하지만 얼마 전에 걸려 온 이상한 전화 한 통에 아내와 함께 쌓아 온 견고한 삶과 시간의 응축이 뒤틀리고 아작이 나버렸다.

　어제이면서 오늘이고 오늘이면서 내일로 가고 있는 지금 이 시간, 나는 결단코 건들어서는 아니 되는 아내의 역린을 건들고야 만 것이다.

　"아~! 헤세 형님~!
　아브락사스로는 답이 나오지 않습니다…!"

　　　　　　　　　　　　　　　　- 삼기산 허름한 허세

女人

나를 아는 사람들은 한결같이 나를 '바람둥이' 또는 '야한 남자'
로 취급한다.

겉은 멀쩡한데 입만 열면 음담패설을 하는 나를 보고 내 친구
는 나의 혈액형이 '보기 드문 형'일 거라고 말할 정도. 내가 사랑
했던 선데이 서울이나 플레이보이 잡지 걸까지 센다면야 그 말이
전혀 틀린 말은 아니다.

하지만 나는 내 아내만을 사랑하는 '진정남'이다.

거짓말 조금도 보태지 않고 삼십여 년 전, 대학 1학년 때 만났
던 이정현이나 지금의 아내에 대해 나는 한결같은 마음을 가지고
있다.

진심이다. 거짓이면 천벌을 받겠다. 또, 지 마누라 타령한다고
구박할지 모르겠지만, 말이야 바른말로 전도 불량한 나 같은 사
람을 개과천선 시켜 주었고 개털이 된 지금까지 나를 버리지 않고

살뜰히 챙겨 주고 있다. 내가 더 무얼 바라겠는가!

하지만 고백하건대 아내가 처음 여자는 아니었다.

아내를 만나기 전, 숱한 여인들과 나는 바람을 피웠다.

하지만 시간이 없으니까 우선 대표 선수 세 사람만 이름을 대겠다. 혹시라도 연적으로 겹치더라도 서로 묵인하고 사달을 만들지 않기 바랄 뿐이고 비밀은 서로 지켜 주었으면 한다. 나는 입이 가벼운 사람을 별로 좋아하지 않는다.

자, 이제 시작하겠다.

필요하면 녹음해도 좋다.

부끄럽지만 두 여인은 창녀였고 한 여인은 기혼자였다!

결격사유가 조금씩은 있는 여인들이었다.

우선 제일 먼저 입봉한 여자부터 밝히겠다. 라스꼴리니꼬프의 '쏘냐'가 첫 번째 여자였고 젊은 베르테르의 '샤롯데'는 두 번째 여자였다. 쏘냐는 도스토예프스키의 여자이고 샤롯데는 괴테의 여인이다.

쏘냐처럼 자기희생적이고 헌신적인 여인은 아주 어렸을 때 나의 감수성을 자극한 동정적인 면이 좀 있고 철이 좀 없을 때여서 깊게 사귀진 못했다. 더구나 라스꼴리니꼬프를 나보다 더 사랑했기 때문에 내가 질투는 좀 했어도 원체 말이 없는 여자여서 실제 나와 대화는 많이 나누지는 못했다. 결국 라스꼴리니코프를 따라 시베리

아로 떠나 버렸기 때문에 나와의 인연은 거기에서 끝나고 말았다.

샤롯데는 젊은 나이의 문학 소년이었던 롯데그룹 신격호 회장이 자기 회사 이름도 '롯데'라고 네이밍할 정도로 짝사랑했던 여인인데 예나 지금이나 수많은 젊은이들의 우상적 여인이 될 정도로 아름다운 여인이었다. 상아처럼 하얀 피부에 늘씬하면서도 풍만한 로테는 베르테르의 표현대로 태양 아래 가장 아름다운 여인이었다. 가슴이 절절할 정도로 내가 사랑하는 여인이었지만, 남편을 둔 기혼녀 로테를 나나 베르테르가 동시에 사랑한다는 것은 신사답지 못한 일로서 나는 일단 빠지기로 마음먹었다. 그리고 기혼녀를 사랑한다는 것은 내 취향이 아니다. 결국 심약한 베르테르의 권총 자살로서 우리의 모든 관계는 청산되고 말았지만 예나 지금이나 쌍립서서 한 여자를 동시에 사랑한다는 것은 위험하고 고통스런 일이라는 것을 그때 베르테르를 통해서 처음 알게 되었다. 불완전한 사랑은 언젠가 닥칠 그 혹독한 대가를 치룰 각오를 단단히 해야 한다.

'쏘냐'와 '로테', 두 여자는 한때 순진무구한 나를 차지하기 위해 서로 치고받고 했지만, 내가 세 번째 여인을 만나면서부터 두 사람 관계는 깔끔히 정리되고 말았다.

세 번째 여인은 아르망 뒤발의 여인 '마르그리프 고티에'다. 아~! 나는 이 여인으로 말미암아 얼마나 많은 날들을 가슴 아파했던가! 비록 창녀였지만 나는 이 여인을 통해 진정한 사랑의 의미를 깨달았다.

나는 내세울 만한 입장도 아니었지만 아르망에 대한 마르그리뜨의 일방적인 사랑을 숨죽이며 지켜볼 수밖에 없었다. 그리고 오랫동안 괴롭혀 왔던 폐병이 마르그리뜨를 쓰러뜨렸을 때, 몇 날 며칠을 식음을 전폐하고 밤마다 이불을 뒤집어 쓰고 울었다. 나는 마르그리뜨보다 아름답고 속 깊은 여인을 만난 적이 없으려니와 오죽하면 그녀가 남기고 간 유품 '마농 레스코'를 입수할 수만 있다면 아르망에게 내 영혼이라도 내놓았을 것이다.

프랑스 사교계의 고급 창부였던 그녀는 프랑스 소설가 뒤마 피스가 사랑한 실존적 여인이기도 했다. 뒤마 피스는 그 유명한 소설 『삼총사』나 『몽테크리스토 백작』을 쓴 알렉산드르 뒤마가 바람을 피워 생겨난 사생아다.

누구 소유도 아니었지만 만인의 연인이었던 실존 인물인 마르그리뜨는 스물셋에 폐병으로 안타깝게 죽고 말았다. 그녀가 죽은 일 년 뒤, 뒤마는 『동백꽃 여인』이라는 이름으로 책을 출간하여 한마디로 대박을 쳤다. 그게 한국으로 들어올 때 『춘희(椿姬)』라는 이름으로 번역되어 들어왔고 그런 소개로 내가 그녀를 만나게 된 것이다. 재수할 땐가? 좀 늦게 만났다.

만나기는 뒤마가 먼저 만났는데 결과적으로는 나와는 연적 관계인 셈이다. 시대적 차이를 운운하는 사람들은 시간의 상대성을 모르거나 세상을 좀 덜 산 사람들의 질투에 불과하다.

아! 그 저주스럽고 몽환적 폐병을 나도 함께 전염되기를 얼마나 원했던가! 함께 할 수만 있다면 마르그리뜨를 따라 나도 그 영원한 꽃길을 따라나서고 싶었다. 사랑의 상처는 남는 법. 실제 엑스레이를 찍어 보면 지금도 내게는 결핵의 흔적이 남아있다. 나는 그때의 후유증이라고 굳게 믿고 있다.

사랑!
그 위대한 언어!
희망. 절망. 환희. 고통. 그리움. 사무침!
인간 스스로가 만들고 거침없이 그 위험한 불길 속으로 뛰어들게 만드는 그 위대한 관념어! 사랑!
나는 그 젊은 나이에 이 세 여인을 통해 원싸이드 방식으로 다 마스터 해 버렸다.

이탈리아 유명한 작곡가 '주세페 베르디'가 이걸 오페라로 만들었는데 이게 그 유명한 '라 트라비아타(La traviata)'다. 라 트라비아타의 뜻은 '거리의 여자'이다.

아! 오늘 내가 너무 나가는 거 같다.
이런 말까지는 굳이 안 하려고 했지만 나는 프랑스어를 오래 공부했다. 고등학생 정도는 가르칠 수 있다면 믿겠는가? 그 점을 좀 알아줬으면 한다. 실제 나는 대학 1학년 때 영문과 이쁜 여학생

바람 바람 바람

들에게 프랑스어를 가르치곤 했다. 지금의 아내는 그 여학생 중 한 명이었다.

파바로티나 플라시도 도밍고가 부르는 그 유명한 '축배의 노래'가 여기에 등장한다. 내가 클래식이나 오페라를 말하면 지나가는 개도 웃는다는 것을 잘 안다.

하지만 세 명의 내 새끼들은 웬만한 클래식 음악이나 오페라 정도는 다 알고 있다. 내 자신이 무식하고 워낙 무도(無道)한 집안에서 자라나서 내 새끼들만큼은 정서적으로 좀 풍부하고 유식하게 키우고 싶어서 어렸을 때부터 아침마다 음악을 들려주었다. 아들 호재가 대학교 1학년 때 '오페라 감상'이라는 3학점 교양과목을 수강하고 나서 '아빠에게 감사하다'고 말할 정도다.

나의 유일한 소망이 있다면 가족들이 다 함께 이탈리아 현지에 가서 라 트라비아타를 함께 보는 것이 마지막 남은 소원이다.

하지만 사람에게는 전환기라는 게 있다.

내가 사랑했던 모든 여인들이 싸그리 한 방에 정리되고 마는 순간이 오는데 그것은 순전히 나의 아내를 만나고부터다.

그리하여 보잘것없는 나의 인생과 사랑은 비포 이정현, 애프터 이정현으로 토막을 칠 수 있다.

혹자는 '도둥놈'이라고 나를 폄하하는 사람이 분명 있을 것이다. 그런 사람들은 하나만 알고 둘을 모르거나, 세상의 모든 것은 변한다는 사실을 모르는 사람들이다.

'이상은 현실보다 한 수 아래고 상상은 빵보다 끝발이 낮다'는 것은 알만한 사람들은 다 안다. 그리고 디테일을 지나치게 신경 쓰면 전체 그림을 망친다는 것을 알아야 한다.

그리고 '베르테르의 체험'이라는 것도 있다.

독일 최고의 문호인 괴테는 평생 베르테르처럼 살다 가셨다. 막판 일흔이 넘은 이 형님은 17세 소녀 '울리케'를 열렬히 사랑하다 가실 정도였다. 우리나라 같으면 망령이 들었네, 후안무치 늙은이라고 매도당하겠지만 가슴 속 사랑이야 어찌 불을 끌 수 있겠는가!

내가 아는 한 사랑을 제동할 안전장치는 하늘 아래 없다. 아무리 견고한 자물쇠도 감당하지 못한다. 그건 나이와 관계없다. 늙은 말이 콩을 더 좋아하고 찌그러진 냄비에 끓인 라면이 훨씬 더 맛있다.

하지만 나는 괴테 형님처럼 막 나가지는 않는다.

지구를 지탱하는 사람은 반 이상이 여자다.

비록 우리 부모님은 이 세상에 나를 남자로 내놓으셨지만 내가 남자만 만나라고 설계하지 않으셨을 것이다. 특히 여성편력이 심하셨던 우리 아버님께서도 때 묻지 않은 자연 그대로 돌아가면

바람 바람 바람

"못난 놈!"이라고 무시하며 나를 아예 만나 주지도 않을 것이다.

그러나 오해하진 마시라!

내가 여인을 보는 것은 순전히 '예술가적 관점'이거나 '문학적 순수의 차원'에서 바라볼 뿐이다.

아내가 들으면 전문용어로 "뻥까지 마세요!"라고 하겠지만, 조물주의 최대의 걸작품은 '여인의 나신'이라고 주장하는데 나는 조금도 주저함이 없다. 여인의 나신보다 아름다운 예술품은 이 세상에 존재하지 않는다.

요한 계시록의 말씀처럼 어느 것 하나 더하거나 빼서도 안되는 완전체, 그 자체다. 르느와르(Renoir)의 '목욕하는 여인'이나 부그로(Bouguereau)의 '비너스의 탄생' 같은 그림을 보고 이상한 감정을 느끼는 사람은 많지 않다.

여기에 세속적 상상을 가미하는 것 자체가 죄악이다.

여성은 아름답다. 아름다운 것은 신성스럽다. 여인의 신성한 자궁을 빌어 태어나지 않은 남자가 있었던가!

여자가 남자를 남자가 여자를 동경하는 것은 플라톤이 말한 것처럼 다 반쪽에 대한 그리움 때문이다.

"좋은 예술가는 모방하고 위대한 예술가는 훔친다."

이 말은 피카소가 한 말이다. 피카소는 여인의 마음을 훔치는 데 도사였다. 피카소는 평생 여인을 사랑하고 가슴 뛰는 삶을 살았다. 나는 이제 더 이상 가슴 뛸 일이 없다. 왜냐하면 금식 중이기 때문이다.

　자, 이제 나는 실토하겠다.

　내가 아무리 사랑 예찬론자이지만 아무 여자나 좋아하지 않는다. 내가 동경하는 여인은 명품 따위나 걸치고 머릿속이 텅 빈 오만한 여자가 아니다.

　'고귀하고 품격 있고 교양 있고 우아하고 속이 꽉 찬 여인'을 말한다.

　내 팔자에 그런 여인이 내 앞에 나타날 리 만무하고 나타난다 한들 별 뾰쪽한 수도 없다. 단지 나는 그런 여인이 보고 싶은 것이다. 그런 여자가 많을수록 우리 사회가 좋아지고 우리 경제가 나아지고 있다는 증거다. 우리나라가 성진국이 아니라 선진국이 되어간다는 징조다. 대국적 관점에서 세상을 봐야 한다. 어떤 안경을 쓰느냐에 따라 세상은 달라 보인다.

　다시 태어나면 현재의 아내와 살겠느냐는 세속적인 질문에 고민하는 남자들을 나는 이해하지 못한다. 자기 키와 얼굴에 불만을 가지고 있는 아내는 다시 태어난다면 현재 모습으로 내 앞에 나타날 리 만무하다. 팔등신 몸매와 성형미인 수준으로 뜯어고쳐 내 앞에 나타날 게 뻔하다. 안 봐도 비디오고 안 들어도 오디오다.

　'NO'에 도박을 거는 남자들은 아내의 곰탕을 오래 두고 먹어야 한다.

　　　　　　　　　　　　　　　바람 바람 바람

아내는 현명한 여자다.

다시 태어나도 나와 다시 만나겠느냐는 질문에 아내는 딱 잘라 말한다.

"개가 짖어도 기차는 간다…!"

– 삼기산 윈드

지금은 맞고 그때는 틀리다

"허풍기도 좀 있고 썰이나 구라치는 솜씨도 약간 있는 거 같은데 소설을 한번 써 보지 그래요? 연애 소설로? 소질도 있고 경험도 풍부하니까!"

나는 아내를 잘 안다.
이건 절대 칭찬이 아니다. 조심해야 한다.
삐끗하다 함정에 한 번 빠지면 승산 없는 게임에 휘말릴 소지가 있다.

나는 담즙질(태양인) 인간이고 아내는 점액질(태음인) 인간이다. 일설에 의하면 점액질 인간은 겉으론 냉정하고 조용하다. 일면 소심해 보이기도 하나 실제로는 많은 재주를 가지고 있으며 겉으로 드러나는 것보다는 훨씬 더 감성적이며 예술을 아는 사람이다. 목적 없이 덤벼드는 다혈질(소양인) 인간의 열광적인 태도를 경멸하며

바람 바람 바람

그들의 무익함을 비난한다. 반면에 담즙질(태양인) 인간의 거품과 같은 계획과 야망에 찬물을 끼얹는 데 즐거움을 느끼기도 한다. 천성적으로 친절하고 동정심이 많지만 실제로 속마음을 잘 드러내지 않는다.

아내는 나 같은 담즙질 인간을 제압하는 방법을 잘 알고 있다. 내 말을 참을성 있게 다 들어준다. 대꾸도 잘 안 한다.

그러다 내 약점을 들춰서 한 방에 보내버린다. 지면관계상 그 부분은 생략하겠다. 약점없는 사람은 없다로 마무리짓자.

점액질 인간형인 아내는 칭찬에 인색한 편이다. 이런 아내가 나에게 글을 한번 써 보라고 말한 것은 절대 칭찬이 아니라는 것에 내 왼팔을 건다.

나의 허세를 자극하여 나의 내밀(內密)한 음모와 과거의 행적을 낱낱이 들여다보겠다는 심보고 부추김이다.

사실 글을 쓴다는 게 나에게는 별 어려움이 아니다.

잘 쓰고 못 쓰고는 내가 알 바 아니고 허장성세가 원래 좀 있는 편인데다 썰을 풀듯 손이 가는 대로 옮겨 적으면 그게 문장이고 길면 소설 아니겠느냐 라는 단순무지한 생각에서다.

가끔 선데이서울에 실릴만한 유치찬란한 연애를 하고 싶고 그런 찌질한 내용을 글로 쓰고 싶은 욕구가 전혀 없는 것은 아니지만, 지금도 아내의 블랙리스트 명단의 요시찰 인물로 올라있기 때문에 현실적으로 불가능하다.

그리고 세상 사람들이 가만히 놔두지를 않는다.

허구를 진실로 믿는 그 눈들이 두렵기 때문이다.

그런 경우는 얼마든지 있다.

모든 여자는 '성녀 아니면 창녀'라고 말했다가 구스타프 클림트는 외설작가라고 수많은 비난을 받아야 했고 '즐거운 사라'를 썼다가 평생 그 글감옥에서 헤어 나오지 못하고 마침내 미련 없이 세상을 등진 광수 형님이 좋은 예다.

세상 사람들의 가벼운 입방정은 형벌보다 무섭다.

영화감독으로서 홍상수를 나는 좋아한다.

여자들은 홍상수라면 아주 학을 떼지만 여자 앞에서는 맞장구를 칠지 몰라도 남자들은 뒷구멍으로는 다들 부러워한다.

'사도 바울'이 정해 놓은 성 도덕률이나 기독교 율법에는 어긋날지 모르지만 프랑스나 이슬람국가에서 볼 때 하등 문제될 것도 없는 한 개인의 사생활이거나 그 집단의 문화에 속하는 일인데 우리나라 사람들은 그 사람의 영화까지 싸잡아서 매도한다.

홍상수는 칸이 인정한 영화감독이다. 나는 '그때는 맞고 지금은 틀리다'와 같은 비 장르성향의 작가주의 영화를 좋아한다. 세상은 판타지 소설이 아니기 때문이다.

홍상수 감독을 따라 하고 싶은 마음은 추호도 없지만, 부지불식간에 '부럽다'라고 한번 실토했다가 아내로부터 두고두고 치도곤을 맞고 산다.

영화를 보거나 소설을 읽고 그 이상의 것에 의심을 두고 그 사람의 경험치 까지 파헤치고 따라 다니면서까지 삽질하는 관객과 독자들이 있는 한, 예술이나 문학 활동을 한다는 것은 채찍을 던져주고 나체로 광장에 나서는 일과 다름없다.

감독을 죽이고 소설가를 죽이고 앵무새까지 죽이는 일이다.

알만한 사람은 알지만, 전국을 혼자 16일 동안 방랑하면서 개발새발 쓴 몇백 페이지 여남은 분량의 잡문이 있지만 책으로 내지 못하고 있다가 이번에 겨우 '돈키호테와 날라리 벌'이라는 제목으로 출간되었다.

글을 쓰는 유생들에게 손가락질받는 것은 두렵지 아니하나 그 글을 읽고 그 행간의 의미에 대해 아내에게 두고두고 문책을 당할까 싶어 한편에 조용히 짱박아 두고 있었다. 그 글을 쓰면서도 가스누출사고가 발생할까 봐 얼마나 조심했는지 모른다.

내가 만약 연애소설을 쓰게 되면 아내는 당장 현미경부터 하나 살 게 분명하다. 그리고 대입과 감정이입 방법으로 하나하나 짚어볼 것이고 함께 경험하지 아니한 상황에 대해서는 프로파일러처럼 심문에 들어갈 게 분명하다.

그 순간부터 근저당권이 다시 설정되고 유치권을 내걸어 아내는 마침내 나를 경매시장에 내다 붙일 게 뻔하다.

내 이마에는 A(Adultery)자가 아닌 D(Debtor)가 선명하게 낙인찍힌 채 하루아침에 풍찬노숙하는 신세로 전락하는 건 안 봐도 비디오다.

영화를 보다가 아내가 의미심장하게 묻는다.

"그때는 맞고 지금은 틀리는가?"

"아냐 아냐, 아니야! 지금은 맞고 그때는 틀렸어요!"

갑작스런 질문에 허둥지둥하면서 베드로처럼 나는 세 번 부인했다.

인생의 무거운 짐을 내려놓고 사는 방법은 없다.
포기하기도 쉽지 않기 때문에 삶을 추슬러서 살아갈 수밖에 없다!

– 삼기산 홍상수

　　　　　　　　　　　　　　　　　　　바람 바람 바람

火

열무 삼십 단이고
시장에 간 우리 엄마
안 오시네, 해는 시든지 오래
나는 찬밥처럼 방에 담겨
아무리 천천히 숙제를 해도
엄마 안 오시네.

(중략)

빈방에 혼자 엎드려 훌쩍거리던
아주 먼 옛날
지금도 눈시울을 뜨겁게 하는
그 시절, 내 유년幼年의 윗목

기형도 시인의 '엄마생각'이라는 시의 일부분입니다. 나는 공부라는 것을 제대로 해본 적이 없는 사람입니다. 내 머릿속에 든 쥐꼬리만 한 지식은 전부 대학에 가서야 허겁지겁 쑤셔박은 잡지식에 불과합니다.

학교 다녀오자마자 대문 밑으로 가방을 집어 던지고 골목길을 빠져나오면 진정한 의미의 내 하루가 시작되었습니다.

대문을 열 필요도 없습니다. 집에 가봤자 썰렁한 빈 방만이 나를 기다릴 뿐입니다. 마루 밑까지 날아간 책가방은 희뿌연 먼지 속에 처박혀 있다가 다음 날 아침이 되어서야 햇빛을 보게 됩니다.

숙제는 물론 과제물을 준비해 간 적은 거의 없습니다. 벌 받고 몸으로 때우면 그만입니다. 구구단은 한 학년이 더 올라가서야 겨우 터득했고 국민교육헌장은 반에서 제일 꼴찌로 암기를 마쳤습니다.

선생님 말씀은 귓등을 타고 넘실거렸고 학교가 끝나면 밖에 나가 놀 일들로 머릿속이 붕붕거렸습니다.

수학문제는 도통 이해할 수 없는 기호들뿐이었습니다. 당연히 끝까지 풀지 못하고 항상 남아야 했습니다.

2부제 학제여서 오후반 아이들에게 반을 비워 줘야 했습니다. 다행히 우리 동네는 나와 비슷한 애들이 많았습니다. 문열한 우리들은 운동장 한 곳에 쪼그려 앉아 반장의 지시에 따라 다 풀고 가야 했습니다.

고만고만한 동네 또래 여학생들이 키득거리며 지나갔지만 내겐 다반사여서 부끄러울 것도 별로 없는 일일행사였습니다.

내가 태어나고 자란 곳은 전주 동서학동 끝자락 일명 '화장터'라는 동네입니다.

전주 남부시장 싸전다리를 막 건너면 우측으로 초록바위라는 언덕이 있고 좌측으로 한참을 더 가면 끝 동네가 화장터입니다. 초록바위는 천주교 순교터로 유명합니다. 조선 말경 사형수나 천주쟁이들이 처형되어 거적때기로 둘둘 말려 우마차로 실려 와 소각된 곳이라 해서 그 이름이 붙여졌고 오랫동안 이 이름으로 전래되었습니다. 또 그렇게 말하면 전주시내 웬만한 사람들은 다 알아먹었습니다.

사회에서 적응하지 못한 부초 같은 삶을 사는 사람들이 마지막 떠밀려와 마을을 이루고 살게 된 후진 곳입니다. 산기슭에 얼기설기 판자집을 짓고 사는 일명 하꼬방 동네였습니다.

애초에 알콜중독자, 점쟁이, 거지, 절름발이, 날품팔이, 소매치기 등이 대부분의 동네 사람들이었습니다. 그들이 쓰는 용어들은 거진 팔 할이 쌍욕이었고 매타작이 가르침이었습니다.

나는 동서학동 164번진가 어딘가 이 근동에 태어났습니다. 부친은 완주군 동상면이 고향이었으니까 전주라는 대처(大處)로 나와 이곳 어딘가에 판자집에 세 들어 살았다고 했으니 동네 사람들보다 훨씬 못한 형편이었음이 분명합니다.

모친이 시집오니까 숟가락 몽뎅이 하나 없더라는 표현을 장성한 뒤에도 들었으니까 아마 맞을 겁니다.

부친은 학력이랄 것도 없는 것이 보통학교 1학년 중퇴가 전부이고 모친은 까막눈으로 살다 가셨기 때문에 두 분 다 먹고 사는 일이 보통 힘든 일이 아니었을 것입니다.

학교도 다니기 전, 예닐곱 살 때 나무하러 가시는 엄마를 따라 그 높은 고덕산으로 어디로 나다녔으니 나의 유년은 모친의 그 고단함과 한숨으로 뿌옇게 먼지 내린 판화로 고스란히 남아 있습니다.

내 친구들은 자연적으로 속칭 어둠의 자식들이 대부분이었습니다.

우리들의 몰골은 너 나 할 것 없이 지저분했고 안간힘으로 매달린 긴 누렁 코는 인중의 터널 사이로 들숨 날숨에 따라 끊임없이 오르락내리락하였습니다.

무의식중에 제거된 누렁코로 말라비틀어진 양쪽 소매 끝은 누구랄 것도 없이 반질반질하였습니다.

땟꼬장물이 줄줄 흐르는 손등은 거북등처럼 트고 갈라져 실핏줄처럼 피가 맺혔고 머리엔 기곗독으로 처연했습니다. 소독이 안 된 바리깡으로 인해 병균이 머리에 옮아서 생기는 피부병을 말하는데 옮으면 머리 이곳저곳에 쥐 파먹은 듯한 원형 탈모증이 생깁니다. 우리는 그것을 땜빵이라고 불렀으며 서로 손가락질하며 놀

바람 바람 바람

려대곤 했습니다.

학교에서 DDT세례를 받고 온 날은 고농도 살충제인 줄도 모르고 밀가루처럼 풀풀 날리며 뛰어놀았습니다.

교육이나 환경에서 낙후되어 있었지만 노는 거 하나만큼은 일등 저리가라 할 정도였습니다. 온갖 방법을 동원하여 놀이들을 만들어 냈고 하나같이 재미있고 위험한 것들이었습니다.

유년의 윗목에 살고 있었던 우리 친구들에게는 천지가 놀이터였고 산과 들과 개울이 교과서였습니다. 자치기, 구슬치기, 비석치기, 패딱지, 오까리 따먹기, 연 날리기 등은 애들이나 하는 놀이였습니다.

봄과 가을에는 산으로 들어가 가지 치고 나무를 꺾어 움막을 만들고 총싸움, 칼싸움, 돌팔매질, 패싸움, 감 밤 털기 등의 놀이가 주업이었고 토끼사냥, 꿩사냥, 닭서리가 겨울의 부업이었습니다.

한벽루, 애기바위, 각시바위, 더 멀리는 서방바위까지 거슬러 올라가 물질하며 노는 긴 여름은 해가 꼴딱 넘어가는 아홉 시까지 집에 들어갈 생각을 잊고 노는 한 철이었습니다.

물속으로 잠수하여 직접 만든 작살로 붕어, 빠가사리, 장어 등을 잡고 그러다가 신발이나 옷 등을 잃어버리면 남의 것을 훔치면 그만이었습니다.

배가 등가죽에 붙을 정도로 허기져서야 집으로 터덕터덕 돌아가면 윗목에 찬밥과 김치가 기다리고 있습니다.

요즘 TV에 나오는 '병만 족장'을 보면서 자도 아빠만큼이나 시망스럽게 놀았다고 하면 아내는 시큰둥한 표정입니다. 별로 믿지 않은 표정입니다.

덕분에 나는 물에 빠져, 화약이 터져, 나무에 떨어져 죽을 고비를 숱하게 넘겼습니다. 천둥벌거숭이였던 우리들의 살이는 매일매일이 축제였지만 어른들의 삶은 팍팍하고 고단했습니다.

시장통에서 막걸리 장사라도 하는 우리 집은 그나마 조금 나았지만 사료용 밀기울에 부추가닥을 넣고 고춧가루 뿌려 버무려 먹던 어릴 적 내 친구들은 정말 형편없고 부실한 유년을 보냈습니다. 아버지 직업이 '거지'였던 내 친한 친구 철규는 지금 어디에서 무엇을 하는지 모르겠습니다.

그중 많은 친구들이 알콜 중독이나 폐병으로 이십 대 초반에 거진 다 일찍 가버렸습니다. 동화같지만 전혀 동화스럽지 않은 나의 유년은 강물처럼 흘러갔지만 군대 다녀올 때까지도 나는 검은 아프리카 대륙을 다 건너오지 못했습니다. 개화되지 못한 단단한 껍질 속에 갇힌 '배냇자식'으로 머물러 있었기에 나의 사반세기를 '검은 아프리카' 또는 '유년의 윗목'이라 자칭합니다.

그리고 오늘 나는 동화 같은 나의 유년에 작별을 고하고자 합니다.

엊그제 지인들과 운동을 할 때였습니다. 동 코스 2번 홀에서 티

바람 바람 바람

샷을 준비하는데 길게 울리는 한 통의 전화에 불길한 예감이 들었습니다. 확인해 보니 여러 통의 아내의 전화가 찍혀 있었습니다. 받아보니 아들이었습니다.

"아빠! 집 뒤쪽으로 불이 난 거 같습니다."

"어느 정도나 되는데?"

"들판을 태우고 미륵산 쪽 소나무 숲 속으로 옮겨 붙고 있습니다."

"아뿔사!!"

운동하러 오기 한 시간 전에 뒤쪽 텃밭에 쓰레기를 소각하기 위해 불을 놓았다는 것이 그때서야 생각이 났습니다.

지금까지 한 번도 그런 일이 없었기 때문에 '자연 소화'를 믿었건만 쓰레기 내용물 중에 문제가 되는 무언가가 폭발하여 마른 덤불로 튀었을 거란 계산이 나왔습니다.

아들의 목소리에는 동요를 느낄 수 없을 정도의 평서문이었지만 소낙비가 와도 뛰지 않는 아들이기에 불이 났다고 전화했다는 것 자체가 이미 보통단계의 수준을 넘어섰다는 것을 어림짐작할 수 있었습니다.

소방대원에게 맡기고 가야 하나 말아야 하나 잠깐 망설이는데 아내의 전화가 다시 득달같이 걸려 왔습니다.

아내의 목소리는 높고 앙칼졌습니다.

후퇴를 결정하고 동반자들에게 양해를 구하고 빠져나왔습니다.

119에 전화를 먼저 걸고 사태를 정리하기 위해 담배를 한 갑 사러 가게 안으로 뛰어 들어갔습니다. 차 안으로 들어 와 두 개비를 연달아 피웠습니다.

두 달간 끊었던 담배였습니다.

시동을 걸고 전속력으로 집 방향으로 내달렸습니다. 미륵산 쪽에 검은 연기가 올라가고 있었습니다. 어렸을 때 불을 내 봐서 잘 압니다. 산 하나를 홀랑 다 태운 적도 있던 나는 우리 집 쪽에서 피어오르는 연기가 결코 가벼운 정도가 아니라는 것을 대번에 알았습니다.

웬만해서 잘 놀라지 않는 나도 당황하기 시작했습니다. 도착해 보니 떡갈나무 숲으로 불은 이미 번지고 있었고 큰 소나무들로 불이 옮겨 붙기 시작했습니다. 내가 생각했던 것보다도 그 규모가 크고 넓었으며 좀 더 좌측을 태우고 들어가 약 2천평 정도의 인삼밭으로 옮겨 붙으면 피해보상까지 해 주어야할 상황이었습니다.

나는 전력을 다해 불타고 있는 들판을 가로질러 언덕을 뛰어넘어 화마(火魔) 한가운데로 뛰어 들어갔습니다. 검붉은 연기와 함께 매캐한 냄새와 화기가 온몸을 휘감고 덮쳤습니다. 검은 연기들이 연거푸 입과 콧속으로 들어왔습니다. 이러다 죽을 수도 있겠구나.

논밭의 잡초 태우려 얕은 불 놓다가 죽는다더니 그럴 수도 있겠구나 하는 생각이 엄습했지만 지금 내 몸을 염려할 게재가 아니었습니다. 가지고 올라간 싸래비와 갈퀴로 정신없이 휘둘러 큰불부터 끄기 시작했습니다.

불의 진앙지로 뛰쳐 들어갔습니다. 켜켜이 쌓인 떡갈나뭇잎을 통해 불은 걷잡을 수 없이 널리 번져 나갔습니다. 여기저기 뛰어다니며 혼신의 힘을 다해 불붙은 떡갈나무 잎을 갈퀴로 쓸어 불 가운데에 밀어 넣고 불타고 있는 마른 나무 등걸들을 후려쳤습니다.

시뻘겋게 소나무 등걸을 타고 올라가는 불을 향해 사력을 다해 내리쳤습니다. 한 사오십 분 정도 사투를 벌이자 중앙의 불이 얼추 진압되고 있다는 게 보였습니다.

사방을 둘러보니 아들과 소방대원 서너 명과 산림과 진화 요인들 그리고 사진기를 든 기자까지 눈에 들어 왔습니다. 한숨을 좀 돌리고 수습해 보니 바짓가랑이가 다 타고 신발은 눌어붙어 오글거리고 있었습니다. 손과 얼굴 등은 숯검댕이로 몰골이 꼴이 아니었습니다.

천방지축이었던 내 유년의 보잘것없고 무모했던 경험들이 빛을 발하고 위기를 극복한 순간이었습니다. 서두르지 않았더라면 옆의 인삼밭은 물론 미륵산 자락까지 모조리 태울 뻔했습니다.

차가운 겨울 강풍이 불지 않은 것은 그나마 천만다행이었습니다.

한 시간 정도 얼추 시간이 지나자 불이 어느 정도 수습되었고 그 정도면 소방대원들과 산림과 직원들이 잔불현장은 자기들이 알아서 정리할테니 그만 내려가도 좋다는 말을 듣고 아들과 함께 내려왔습니다.

옷매무새를 대충 수습하고 골프장으로 돌아오니 일행들은 후반

전 티샷을 준비하고 있었습니다. 농담을 날리며 태연을 가장했지만 정말 가슴을 쓸어내릴 정도로 아찔한 순간이었습니다.

골프에 미쳐서 돌아간 게 아닙니다.

급한 일 때문에 나인 홀만 마치고 먼저 퇴장해야 하는 박명수 원장과 나마저 없으면 둘만 남아야 하는 이용규 원장과 이제 막 골프를 시작한 그의 장성한 아들 '제임스'를 위해서 나라도 함께 마무리하지 않으면 안 된다는 생각 때문이었습니다.

그리고 내가 가장 잘하는 것!

불은 불이고 놀이는 놀이 아니겠습니까?

"어서 오세요~~!"

운동을 마치고 집에 들어서자마자 폴더폰 인사로 아내가 나를 맞아줍니다. 위험을 무릅쓰고 위기를 극복해 준 남편이 오랜만에 남자다워 보이고 유년의 무용담을 한낱 '구라'로 치부하던 아내가 무협지에서나 볼 수 있는 칼춤을 현장에서 가슴 졸이며 목격한 진정 어린 감사 표시였습니다.

하지만 거기까지…!

"야, 인간아! 불을 끄고 온다간다 말 한마디 없이 밖으로 튀는 인간이 세상에 어디 있어!

당신이 불 꺼주러 온 옆집 아저씨야?"

내 등짝에서 불이 다시 붙었습니다.
그리고
나의 유년의 윗목은 해피엔딩으로 그렇게 막을 내렸습니다.

- 삼기산 망종(亡種)

현실왜곡장(Reality distortion field)

아내와 내가 싸우는 일이 거의 없다.

아내가 거의 져주기 때문이다.

내가 일을 많이 저질러서 주도권이 아내에게 넘어가고 지분이 얼마 남아있지 않지만 얼마 전까지만 해도 모든 주도권과 결정권은 내게 있었다.

그만큼 아내는 내 말이라면 '메주로 콩을 쏜다' 해도 믿을 정도였다. 살면서 내 말에 "NO"라고 브레이크를 건 적이 단 한 번도 없을 만큼 아내는 착하고 순한 여자였다. 사람을 잘 믿어 몇 번 엎어먹고 뒤집어 먹고 난 뒤에야 나의 말을 액면가로 믿어주지 않지만 나에 대한 아내의 믿음은 아직까지는 예수님 다음이다.

그러나 단 한 가지, 교육 문제만큼은 양보가 없다. 우리가 부딪히는 경우는 거의 교육 문제다. 아내는 제도적이고 원칙주의자인데 반해 나는 자유방임주의자이며 방목(放牧)적이다.

아내는 학교 교육을 중시하는 반면에 나는 학교 교육을 창고 교육이라고 폄하한다. 아파도 학교는 가야 한다고 말하는 반면에 나는 하루 이틀 정도는 빼먹어도 된다고 말하는 쪽이다. 그런 아내는 학교 개근상을 받았지만 당연히 나는 정근상 하나 받아 본 기억이 없다.

콩 심은 데 콩 나고 팥 심은 데 팥 난다. 그리고 안 심은 덴 안 난다.

나는 후자 쪽이다.

내가 공부에 별 관심이 없었던 것처럼 아들도 역시 공부라면 소 닭 보듯이 한다. 공부 불신론을 가지고 있는 나는 책을 읽어야 한다고 하지만 공부해야 한다고 말한 기억은 없다. 아들이 초등학교 5학년 땐가 '가'가 넷이고 '양'이 하나인 성적표를 받아 왔을 때 요즘 성적표는 '가나다라'로 나가는가 보다 착각할 정도였다. "한 과목만 신경 쓰지 말고 골고루 신경 쓰라"고 말하자 지금도 '수우미양가'가 맞고 당신은 미쳤다고 아내가 말했을 정도다.

아내는 분수에 맞게 살고 능력에 맞게 꿈을 꾸라고 말하지만 나는 세르반테스 이야기를 아들에게 반복한다.

"이룰 수 없는 꿈을 꾸고

이룰 수 없는 사랑을 하고

이길 수 없는 적과 싸우고

견딜 수 없는 고통을 견디며

잡을 수 없는 저 하늘의 별을 잡아라."

세르반테스의 명언을 아들의 방에 표구로 만들어 걸어 놓았을
정도다.

중학교 2학년 때, 삼십여 명의 반 학생들이 두 패로 나눠 축구
시합이 벌어졌다. 음료수 내기였다. 쌍방이 죽어라고 뛰었지만 결
과는 무승부로 끝나고 말았다. 한여름에 벌어진 경기이고 무더위
속에 무승부로 끝났으니 모두가 지쳐 수돗가로 달려갔을 터이다

"애들아! 전부 매점으로 가자!"며 학급애들 전원을 매점으로 데
리고 간 아들은 음료수 하나씩을 모두 안겼노라는 후일담을 아들
에게서 들었을 때, 아내의 첫마디는 그 돈 어디에서 났느냐고 형
사처럼 취조했다.

불가능한 현실에 최면을 걸어서는 안 되며 분수에 맞게 살고 현
실을 왜곡하지 말라고 아내는 늘 말한다. 아내의 현실왜곡장이다.

현실왜곡장이라는 말은 옛날 미국의 유명한 TV 드라마 〈스타트
렉〉에서 나온 말이다. 외계인들은 정신력만으로 자신들의 새로운
세계를 창조하는 초능력 장면이 나오는데 그것을 현실왜곡장이라
고 말한다. 그런데 스티브 잡스의 전기(傳記)를 읽다가 이 단어를
또 발견했다.

잘 알다시피 스티브 잡스는 IT업계의 혁명가이자 21세기 풍운
아다. 하지만 일하는 방식은 까다롭고 독특하고 때로는 신경질적

　　　　　　　　　　　　　　바람 바람 바람

이다. 스티브 잡스는 함께 일했던 동료들에게 확신을 심어 주고 강하게 몰아붙여서 불가능한 일을 가능하게 만든 사람이었는데 이런 리더십을 보고 주변 사람들이 현실왜곡장이라고 표현했다.

스티브 잡스는 한국 사회에서는 절대 적응할 수도, 성공할 수도 없는 사람이다. 집시가 되었거나 전파상에 앉아 컴퓨터나 뚜닥거리고 살았을 게다. 실제 스티브 잡스가 삼성에 사업 제안하러 왔다가 빠꾸 맞고 돌아간 건 유명한 일화다.

나는 아들에게 어렸을 때부터 허풍을 심어 줬다.

공황장애를 느낄 정도로 공부를 싫어하고 공부도 꼴찌인 아들에게 내가 할 수 있는 일은 꿈을 심어 주는 것 말고는 없었다.

꿈이 아니라 '블러핑(허세)'이라고 말하며 '독박육아'는 위험하다고 아내는 나에게 경고할 정도였고 때로는 둘이 살아 괴롭느니 혼자 살아 외로운 게 낫다고 할 정도로 교육문제로 협박하곤 했다.

어른들이 교육을 왜곡시켜서 성적순으로 한 줄 세워 대학을 보내고 그 등급대로 회사에서 받아 주는 이런 현실에서 아들이 버틸 자리는 단언컨대 없다.

천재들을 창고에 밀어 놓고 19세기 관습교육 그대로 교육하는 창고 교육을 나는 신뢰하지 않는다.

연합고사 본 그 해, 익산에서 떨어진 몇 명의 명단에 아들이 이름이 들어 있을 때 나는 아들에게 말했다.

"오륙십 늦깎이에 남들은 사업에 망해서 힘들어하는데 십 대 때 자신의 사업을 때려 엎었으니 얼마나 빨리 경험하는 거냐! 대단하! 멋지다."라고 나는 큰소리를 탕탕 쳤고 아내는 머리를 싸매고 누웠다.

여자들은 남자들의 사회를 잘 모른다.

고등학교 졸업 30주년 기념식에 참석해 보면 안다. 학교 다니면서 공부깨나 하는 친구들은 공무원, 교사, 회사 간부 등의 명함을 건네준다. 공부 순위를 뒤에서 찾아보는 게 빠른 친구들은 대표이사 명함을 나눠 주고 있었고 하다못해 슈퍼마켓 사장이라도 되어 있었다.

공부 잘하는 친구들은 책만 들입다 몇 년씩 파고 있을 때 공부를 포기한 친구들은 일찌감치 밑바닥부터 기어들어 돈 냄새를 맡으면서 촉수가 진화된 것이다.

그때도 아내는 현실을 왜곡하지 말라고 했다. 그런 인간들은 극소수고 보편적으로 편한 밥을 먹지 못한다고 말했다.

"아니, 그것 때문에 전화한 것은 아니고요, 연합고사 보는 날 친구들을 우리 집에 초대하기로 약속했었거든요. 애들을 집으로 데리고 가나마나가 고민이 돼서요."

시험을 잘 봐도 될똥 말똥한데 답안지에 답을 미처 다 옮기기도 전에 종이 울리고 선생님들이 답안지를 걷어 가 첫째 시간부터 시험을 통째로 망친 아들은 친구들을 집으로 데리고 오는 문제로 내게 전화 한 것이었다.

"콜! 약속은 지키라고 있는 것이다. 그게 연합고사 떨어진 거와 뭔 상관이냐, 아들!"

그 날, 집으로 데려온 친구들을 위해 아들이 장원급제라도 한 양 나는 바비큐 파티를 열어 주었다. 그리고 일렬로 주욱 세워 놓고 꿈들이 무엇이냐고 나는 물었다. 교사, 군인, 경찰, 공무원, 심지어 남자 간호사까지 다양했다. 아들만 빼고 열한 명 친구들의 예상 점수는 아주 우수했다. 맡아 놓고 결과가 낙방인 아들은 그런 친구들을 쳐다보며 벙글벙글 웃고 있었다.

'난세의 군주는 사자의 위엄과 여우의 지혜를 동시에 지녀야 하고 때로는 악행도 저지를 준비가 되어 있어야 한다'는 말은 마키아벨리가 『군주론』에서 한 유명한 말이다.

세상에는 여러 종류의 인간들이 있다. 선비도 있고 양반도 있고 장사꾼도 있고 정치가도 있다. 21세기의 세계는 사나운 경제 전쟁의 각축장이다. 난세에 영웅 나고 불황에 거상 난다고 했다. 나는 아들이 거친 장사꾼이 되었으면 좋겠다.

아들이 중학교 1학년 때, 1학년 짱인 자기네 반 학생을 코뼈를 부러뜨려 때려눕히고 오던 날 밤, 은근히 걱정되어 내일 학교에서 어떻게 할 거냐는 내 물음에 "제 일이니 제가 알아서 할게요, 아빠 신경 쓰지 마세요!" 라며 태연하게 말하는 아들을 보고 나는 결론을 내렸다.

이 세상에는 공부보다 더 중요한 게 훨씬 더 많다고…!

"여자는 남자의 허풍에 속고 남자는 여자의 외모에 속는다더니 당신 허풍 때문에 내가 맛이 간 여자야, 알아?

구름과자 먹고 구름똥 싸는 돈키호테 같은 허풍쟁이라고 아내는 나를 비난한다.

참고로 아내는 B형이고 아들은 O형이다.

물론 나는 '보기 드문 형'이다.

- 삼기산 야바우

바람 바람 바람

뻬당

우리 집에서 나는 뻬당입니다.

뻬당은 뻬치카 당번의 줄임말입니다.

뻬치카는 러시아 말로 벽난로를 가리키는데 영어로는 페치카 (Pechka), Russian Oven이라고도 합니다. 이 말은 러시아에서 유행하는 벽난로가 한국으로 넘어와 군대에서 사용하게 되면서 일명 뻬치카라는 용어로 불리게 되었습니다.

옛날 군대에서 이 뻬치카는 난방에 아주 중요한 역할을 하였습니다. 내무반 막사 한가운데 설치되는 뻬치카를 담당하는 사병을 일명 뻬당이라고 하는데 상병 이상의 고참이 맡았습니다. 짬밥이 부족한 쫄병들은 경험이 없기 때문에 불을 잘 꺼트려 먹기 때문입니다. 한겨울밤에 불을 꺼트리면 그건 곧 죽음입니다.

계급이 높을수록 뻬치카 주변에서 잠을 자거나 노닥거릴 수 있습니다. 신입이나 초병들이 뻬치카 주변에서 얼쩡거리는 일은 상상할 수도 없습니다.

나는 똘방지다 해서 일등병 때부터 뻬당을 맡았습니다.

뻬당이 좋은 점이 딱 하나 있는데 밤에 불 관리한다고 다음 날 근무나 보초가 열외가 되고 가끔 고참 명령으로 뻬치카의 따뜻한 물을 이용해서 라면을 끓여다 바칠 때, 라면가닥과 국물을 얻어먹을 수 있는 특혜가 있습니다. 생각하기도 싫은 군대 이야기를 하는 이유가 있습니다

"난로 좀 피우고 나무도 좀 해다 놔요, 쫌!"

선녀가 나무꾼한테 하는 말이 아닙니다.
물론 내가 다시 군대 가는 꿈을 꾼 것도 아닙니다.

이 말은 2018년 동짓달 초이레, 아침에 눈 벌어지자마자 아내가 내게 하는 말입니다.

나의 보직은 두 가지입니다.

사시사철 샷다맨이고 겨울철 뻬당입니다.

뻬당이 겨울에 하는 일은 매일 아침에 난로를 청소하고 난로에 불을 지피는 일입니다. 아프리카 카페의 메인 난방장치는 냉난방 에어컨과 기름보일러 그리고 뻬치카 난로입니다. 난방을 위해서 냉난방 에어컨 3대와 기름보일러 2대면 충분합니다. 그런데도 불

구하고 원시 채집용 뻬치카 난로가 필요한 이유는 다 그놈의 전기세 때문입니다.

겨울에는 냉난방 에어컨과 보일러를 풀가동 시키면 전기세가 한 달에 백만 원이 훌쩍 넘습니다. 아내는 전기세를 아끼기 위해 뻬치카 난로를 병행하고 있으며 이 뻬치카는 저의 담당으로 떨어졌습니다.

그런데 창고에 가보니 화목(火木)이 다 떨어져 가고 있었습니다. 그나마 약간 남은 걸 오늘 때면 내일 당장 부족현상이 오고 그러면 아내에게 또 한소리를 듣게 될 게 뻔합니다. 더구나 내일은 더 춥다고 하니 오늘 다 소진하면 내일은 펠릿을 사용할 수밖에 없습니다. 펠릿은 수입산 난로용 톱밥입니다.

펠릿은 깔끔하지만 비쌉니다. 화목은 약간 지저분해도 전혀 돈이 들지 않습니다.

"화목이 없는데 펠릿을 좀 때지 그래?"

내 말이 떨어지자마자

"그 비용을 어떻게 감당하려고 그래? 누군 펠릿 땔 줄 몰라서 그래? 아니, 커휘 한잔 팔면 4천 원인데 펠릿 때면 돈이 하늘에서 떨어져 땅에서 솟아 나와?"

시간이 갈수록 내 말은 짧아지고 아내의 잔소리는 길어집니다. 내가 후회하기 시작한 건 카페를 오픈해 준 다음 날부터였습니다.

아프리카 카페의 경치가 아무리 좋아도 시내 중심가에서 차로 십여 분 떨어졌다는 이유로 주말을 제외하곤 여기까지 차 마시러 오는 사람은 드뭅니다. 그래도 사람이 있으나 없으나 난방은 매일 가동해 놔야 합니다. 회사 일이 되었든 새벽 운동이 되었든 무조건 뻬치카 가동은 내가 해야 하는 첫 번째 임무입니다.

아내의 명령으로 군대에서 하던 일을 재탕하기 시작했고 자유로운 내 영혼은 아내의 덫에 걸려 일등병으로 강등되고 그 징글징글했던 군대 뻬당으로 보직이 변경되어 버렸습니다.

"참나무 장작 한 트럭만 좀 주문할까?"

고참 눈치 보는 일등병처럼 아내를 힐끗 쳐다보았습니다.

"천지가 나문데 무슨 돈이 남아돌아 참나무를 주문해? 당신이 한 달 운동 나가지 않는다는 조건이면 한 트럭 주문해도 좋아!"

아내는 소대장처럼 단호하게 말했습니다.

카페를 오픈한 뒤부터 화폐단위가 차 한 잔 값으로 굳어진 아내의 돈 관리는 매사 지뢰병처럼 조심스럽습니다. 예전에도 그랬지만 마트를 가도 가성비를 더 꼼꼼히 살펴보고 물건을 산 뒤에는 영수증 금액이 맞는지를 일일이 대조하고 확인합니다.

밥을 사도 영수증은 단 한 번도 챙기지 않는 나는 아내가 포기한 고문관입니다.

바람 바람 바람

예비군복으로 갈아입고 전기톱을 리어카에 실어놓고 잠자는 아들을 깨웁니다. 밖의 날씨가 영하 9도를 가리킵니다. 이런 혹한에 나무하러 나가는데 끌려나온 아들은 "아이고, 아버지~ 아이고, 아버지~"라고 연신 넋두리를 늘어놓습니다.

나를 부르는 소리가 아닙니다.

아들 식 표현 방법으로 "오~! 주여~!"라는 말입니다.

우리는 서로 툴툴거리며 나섰지만 아들은 그 나이 또래들이 단 한 번도 경험해보지 않았을 노가다 일들을 최근 몇 년 사이에 엄청 하고 있습니다. 속 깊고 착한 아들은 아빠가 촌에 산다는 이유 하나만으로 군대 따까리처럼 사역 당하지만 오늘처럼 귀때기가 떨어져 나갈 것 같은 혹한에 또다시 징집되어 나간다는 것은 아들 말 그대로 얼척이 없는 일이었습니다.

"아빠! 이렇게 사역을 당하느니 지원을 해서라도 군대를 어서 가야겠어요!"

4급 보충역으로 떨어진 것을 두고두고 후회하는 아들은 일을 하다말고 이등병처럼 말했습니다.

"야, 아들! 나는 엄마에게 차출돼 평생을 상근 예비역으로 살아왔어. 너마저 그러면 아빠 진짜 탈영한다~ 우리 아군끼리는 서로 공격하지 말자!"

뻬치카를 청소하고 불을 지피고 들어오니 아내가 논산 훈련소

고봉밥을 내놓습니다.

"내일 아침은 더 추워진다니까 기름 좀 사다가 기름보일러에 좀 채워 넣어요!"

으~~, 내 수류탄!
나는 또 다시 탈영을 꿈꾸고 있습니다.

날씨가 추워선지 내 입에서는 군대용어가 마구마구 튀어나왔습니다.

– 삼기산 탄피

바람 바람 바람

화성에서 온 남자 금성에서 온 여자

10년 전인가, 꽤 오래전에 나온 책의 이름이다.

이 책을 처음 접했을 때, 누가 나에게 금성에서 온 여자를 다 소개시켜주나 착각할 정도였고 감당하기 어려운 일을 맡을지도 모른다는 생각에 잠시 설레었다, 왜냐하면 북 타이틀이 내 이름 하고 똑같았기 때문이다.

사실 나는 내 이름을 별로 좋아하지 않는다.

쳇, 화성이 뭔가!
화수나 백수가 낫겠다.

명(命)이 짧은데 이름으로나마 액땜을 해 준다고 지금의 이름으로 지어준 할아버지가 나의 시답잖은 불평을 들으신다면 지하에서 벌떡 일어나 지팡이 들고 쫓아오실 것이 분명하다.

머릿속에 별로 든 거 없이 설레발만 치고 다닌다고 내 친구 박명수 원장이 지어 준 '허세'나 '허당'이 차라리 더 낫다.

'존 그레이'라는 사람이 쓴 이 책은 나오자마자 밀리언셀러가 되었지만 솔직히 나는 이 책을 읽지 않아서 잘 모른다. 몇 페이지 읽다가 서재 어딘가에 던져두었는데 재미도 별로 없고 딱 맞는 얘기도 아니다.

인간이란 살아온 환경과 문화에 따라 적응하고 성정이 변화되는 것이지 남자와 여자의 성별에 따라 A타입, B타입으로 구분 지을 수 있는 게 아니다.

물론 일반론을 기준으로 상대방에 대한 접근방식이나 문제 해결방안을 제시하는 것이겠지만 상황에 따라 또는 사람의 성향에 의해 무수한 변수가 발생하기 때문에 그런 책을 몇 권 읽는다고 사람의 관점이 크게 변화되지 않는다.

어떻게 살아가면 좋은지 운전면허증을 따는 데 약간은 도움이 되는 운전 교습서와 별반 다를 게 없기 때문에 자기 계발서나 인간관계론 같은 서적을 나는 좋아하지 않는다. 내가 안전운전해도 상대방이 처박으면 사고나는 것처럼 인간관계는 정답이 없다.

"그럼 당신은 어떻게 살아야 제대로 사는 건데?"

바람 바람 바람

자기 계발서나 인간관계에 대한 책들을 까자 아내가 발끈하며 묻는다.

"응, 정답이 없어. 많이 부딪치고 많이 깨지면 알게 되어 있어. 인간관계는 누가 알려 준다고 되는 게 아니야! 잠깐 그때뿐이라고 보면 돼! 학습은 몸으로 체득하는 게 최고야! 모난 돌이 정 맞는다고 세월에 깎이고 물에 씻기면 저절로 알게 되는 것처럼 인간관계도 똑같아!"

"흥, 역시 별꼴이야!"
"별꼴이라니?"
아내의 콧방귀가 이해되지 않는 내가 되묻자 아내는 사설을 늘어놓기 시작한다.

"그 연세 드셨어도 당신은 둥글둥글하다기보다 까칠한 별꼴에 가까워…!
아무나 맞추기 힘든 별꼴! 당신은 자신이 얼마나 자기중심적인지 잘 모르는 사람이야…!
이 세상에 처음부터 잘 아는 사람이 어디 있어? 꼭 누구를 만나 깨져야만 배우나? 자동차의 기능도 모르고 도로 표지판이나 기호도 모르는 초보 운전자들에게는 교습서와 같은 안내서가 얼마나 큰 도움이 되는가는 생각 안 해봤어?
남자 성향 따로 있고 여자 처세 따로 있는지는 모르겠지만. 서로를 이해해 주고 상대방에게 맞춰 주며 사는 거 이상으로 더 좋은 처세가 어디 있다고 생각해…? 다른 년들한테는 당신은 최고의 남자인지는 모르겠으나 나한테는 그냥 꽝이야, 꽝…! 꽝이라고!"

위기에 처한 프랑스를 구원하고 백년 전쟁을 승리로 이끈 '잔다르크'처럼 아내의 기세는 자못 등등하였다.

오늘도 나는 구멍을 잘못 들어갔다.

나는 아내한테 깨지고 혼나면서 터득해 나가는 것 같다.

이 세상에서 나를 해부하고 칼질하는 사람은 아내밖에 없다. 그래도 나는 아내의 난도질에 기분 나쁘지 않다.

아내만큼 나를 잘 알고 있는 사람 없고 아내만큼 나를 인정해 주는 사람 또한 없다.

기본적으로

아내는 나와 많이 다른 인간이다.

얼굴부터가 다르다.

나는 짤쪽하고 아내는 둥그스레하다.

내가 짤쪽해서 그런지 둥그스레한 여자가 나는 더 좋다.

대학교 때 나는 55kg, 빼빼로였다.

그래서 그런지 나는 빼빼 마른 여자는 쳐다도 안 본다.

수줍은 아내는 통통했고 복숭아꽃처럼 볼이 불그스레했다.

밥을 먹어도 나는 얼굴은 그대론데 배만 살찌고

아내는 배는 그대론데 살이 얼굴로만 찐다.

얼굴만 탱탱 살이 붙는다고 아내는 늘 불만이다.

인간이 부위별로 살이 찔 수 있다는 사실을 아내를 보고 처음 알았다.

성격도 내가 좀 찌질한 반면 아내는 둥글둥글하다.

나는 불(火)이고 아내는 물(水)이다.

살면서 아내는 자기가 가야 하는 돌만 밟고 가는 여자다.

옆에 이쁘고 탐스런 돌이 놓여 있어도 관심이 없다.

오지랖이 넓은 나는 널려 있는 돌은 다 뒤집어 보고 간다.

완전 기계치인 나는 물건이 고장 나도 오불관언이다.

배달되어 오는 전자제품의 조립과 분해는 다 아내의 소관이다.

요즘 아내의 말끝이 좀 올라가는 이유는 내가 다 일을 저질러서 그렇지 아내는 정말 나하고 살기 아까운 여자다.

참고로 나는 아직도 동태 눈깔이다.

나는 아내가 금성인 여자인지 화성인 여자인지 나는 잘 모른다. 또 내가 이 나이 먹고 어떤 부류의 인간인지 따진다는 것이 얼마나 무의미하고 무가치한 일인지 나도 잘 안다.

다만 한 가지, 저잣거리에 내놔도 또는 대사관 만찬에 나가도 자신만의 향기를 가지고 적재적소에 잘 어울릴 수 있는 사람이 내가 아는 한 최고의 인간이다. 상선약수(上善若水)라는 말도 있듯이 근본적으로 물과 같은 인간이 최고다.

　지금은 고인이 된 최진실이가 "남자는 여자 하기에 달려 있어요"라고 TV 광고에 나와 선전했는데 오히려 그 역학관계(逆學關係)가 더 강하게 성립한다는 점을 알아야 한다.
　상대방을 마님으로 대접하는 사람은 정승 대접받고 상대방을 하인 취급하면 종놈 취급받는다. 만고(萬古)의 진리(眞理)다.

　그래도 아내가 차려 주는 따뜻한 밥을 나는 매일 먹을 수 있다. 육종마늘까지 볶아서 친절하게 숟가락에 얹어준다.
　오늘은 계란 후라이까지 해서 내 밥에 올려 주며 말한다.

"마늘 많이 먹고 곰처럼 사람되세요~~?
다른 데 힘쓰면 죽는 줄 아세요~~?"
아내는 꽃매미 방제약을 치며 오늘도 '구구단'을 왼다.

한 가지 확실한 것은 아내는 B형 여자이고 나는 O형 남자다.

- 삼기산 호강

　　　　　　　　　　　　　바람 바람 바람

자존심

▽
▽

"여자에게 자존심은 뭐라 생각해, 여보?
그리고 자존심은 필요한 거라 생각해?"

조카녀석 공연을 보기 위해 남원 춘향문화원으로 가는 도중에 아내에게 내가 묻는말이다. 갑작스런 나의 질문에 자다가 무슨 봉창 두들기느냐는 눈으로 아내는 나를 잠깐 바라본다.

"자존심? 나도 잘 모르겠어. 자존심이 무엇인지, 그리고 자존심이 필요한 건지도…! 하지만 나의 자존심에 대해서는 확실히 답해줄 수 있어. 내가 생각하는 자존심은 개똥이나 물똥 같은 거야! 한마디로 무의미하고 무가치한 것!"

아내는 스스로 묻고 답했지만 아내의 답변에 깜짝 놀란 건 오히려 내 쪽이었다.

"그러면 당신은 자존심이 없다는 얘기야?"

"응, 없어!"

"허걱!"
아니, 이게 무슨 씨츄에이션이지?

아내의 황당한 답변에 나는 다시 한 번 놀라움을 금치 못했다. 삼십여 년 동안 한이불을 덮고 자는 아내에게서 자존심이 없다는 소리를 듣다니, 그것은 마치 나는 배알도 없는 여자예요라는 말처럼 들렸다. 놀라는 나의 모습을 보던 아내는 그럴 줄 알았다는 표정으로 말을 이어갔다.

"나는 태어나기를 근본적으로 순하게 태어났어. 그리고 자존심이 무엇인지도 모르고 힘 빼고 살아왔지. 30여 년 동안의 사회생활과 당신과의 결혼생활을 함께하면서 사회와 당신이라는 양대 산맥 속에서 살아남기 위해 나는 나의 색깔을 뺄 수밖에 없었어. 밖에서는 숱한 사람들과의 관계에서 온전히 살아남아야 했고 안에서는 당신이라는 색깔이 강한 남자로부터 내 자신이 상처받지 않기 위해, 내가 아프지 않고 보전하기 위해, 나는 내 자신이 변할 수밖에 없었어. 그게 내가 살 길이었거덩…! 한마디로 나는 자존심이 없는 여자였어!"
모놀로그에 가까운 아내의 이야기는 점입가경 수준이었다.
"사회생활은 그렇다 치더라도 가정에서까지 내가 넘사벽이었단 말야? 그 정도로 내가 악당(rascal) 수준이었어?"

나는 갈릴레오처럼 물었다.

"응, 그건 옳고 그름의 문제가 아니야!
내가 결혼하고 보니 자존심과 자존감으로 깡깡 뭉쳐있는 당신
이라는 존재가 내 신랑으로 있더라는 거야! 나는 단순 무채색이
야! 한마디로 색깔 없는 여자가 나야!
하지만 당신은 단순한 칼라가 아니야. 단순한 노랑이나 단순 빨
강이 아니야. 채도와 명도가 강한 칼라에 화려한 야광 형광색을
깔고 있더란 말이야. 그러니 내가 눈이 부셔 안 부셔? 부시자나!
그러면 어떻게 해야겠어? 한쪽 눈을 감거나 두 눈을 질끈 감거나
해야 내가 살아남을 수 있는 거 아니야! 그래서 내 색깔을 뺀 고
야! 당신에게 맞추기 위해서 내 색깔을 뺀 거라고! 내가 살아남기
위해서 노력했단 말이야!"

디테일이 강한 아내는 내가 벌여놓은 사업을 나보다 야물딱지
게 더 잘 관리하고 결코 적지 않은 직원과 수천 명의 고객들을
야무지게 챙겼다. 삼십여 년 동안 남편인 나와 사회에 헌신하며
하모니를 잘 이루며 살아왔다고 무난하게 생각했던 나는 아내의
토로에 적지 않게 놀라지 않을 수 없었다. 길게 부연 설명하는 아
내에게 갑자기 연민의 정이 들기 시작했고 아내에게 미안하다는

생각이 밀려왔다.

"그럼, 나와의 결혼 생활은 불행했던 거네?"

"아니야! 최근에 당신이 물개똥을 싸기 전까지는 아니야. 행복했고 지금도 무난해…! 단지 나는 평생 사업하면서 색깔 있는 여자부터 색깔 없는 사람까지 다양하고 수많은 사람을 만났어. 자존심이 센 사람을 만날 때면 나는 나의 힘부터 먼저 빼. 내 자신을 투명하게 만들어야 했어. 내 안의 감정이 탁하지 않아야 상대방이 더 잘 보이고 이해가 쉽게 될 수 있었거덩… 사람을 만나면 내 것의 힘을 빼고 나를 물로 만들어야 사람을 더 잘 볼 수 있었던 고야!"

"당신 참 대단하네, 어떻게 그게 가능하지? 내 자신을 내려놓는다는 게 어떻게 가능해? 더군다나 뼛속까지 자존심인 사람도 있는데?"

"맞아! 자존심이 널뛰는 여자도 무척 많았어…!
그런 사람을 만나면, 어라? 이 사람은 자존심이 춤을 추네? 아고 되다! 아고 힘들다! 라는 생각이 먼저 들어. 하지만 딱 거기까지야! 나는 그 사람 구멍 속으로 결코 들어가지 않아! 그냥, 아, 그대 참, 잘나셨어요~~! 하고 그 사람의 실체를 인정해 주면 돼!

바람 바람 바람

내가 그 사람의 구멍을 기웃거리거나 그 사람의 감정에 휘말려 그 사람의 토네이도에 휩쓸려 들어갈 필요가 전혀 없는 거지⋯! 내 판단이 꼭 맞는 건 아니지만, 사람들의 콧대? 잘난 체하고 인정받고 싶어 하는 마음? 우월주의? 글쎄! 이런 것들이 그들의 자존심이라면 사실 그런 사람들은 자존심의 실체가 물똥이라는 걸 잘 모르는 사람들이야⋯! 자신이 노력하지 않았거나 사회가 가르쳐주지 않은 거지! 자존심을 드러내기 위해 노력하는 것 보다 자신의 좋은 장점과 능력을 드러내기 위해 노력해야 하지 않겠어?"

"그렇다면 당신은 그 사람들의 자존심을 존중했다는 얘기네?"

"존중?"
"여보세요, 남편? 나는 그런 어려운 단어를 알지 못하오!! 그냥 내가 안 다치고 사는 길은 그저 내 자신이 부지런히 변하는 게 답이더라 이 말이야⋯! 그러다 보니 내가 물이 되어 있더라고⋯! 내가 영리하고 잘나서가 아니고 사회가 나를 가르쳤더라고⋯! 원래 태어날 때부터 잘나지도 못했지만 나는 내 자신이 '비교'나 '경쟁' 같은 단어에 초점을 두고 살아온 여자가 아니었어. 그러다 보니 그 어려운 협곡과 계곡을 무사히 잘 건너왔고, 그래서 요즘은 내 자신에게 잘했다고 쓰담쓰담 하고 있는 거고⋯ 비록 세상에서의 나의 롤(role)이 아주 작은 역이었지만 나는 그걸 숭고하게 생각하고 받아들이고 있어! 삶이 나에게 준 교훈이야!

그런데 이 모두 것이 바로 당신 때문에 가능했어.

하늘이 준 당신의 성정은 아주 강하고 군림하는 자였고 그게 바로 내 남편이었더라고… 한마디로 고단 했어…!"

아내의 깔때기는 다시 나를 향했고 아내의 삶 자체가 기승전 미스타 킴처럼 들려 갑자기 억울하다는 생각이 확 들었다. 나는 확인하고 싶어서 마지막 질문을 날렸다.

"내가 그렇게 나쁜 놈이었다는 얘기네, 그럼?"

"참, 말귀 존나 못 알아먹네. 당신 오늘 왜 그렇게 멍충이야! 몇 번을 말해야 알아먹겠어? 당신은 그 프리즘적 사고가 문제야. 그 냥 있는 그대로 받아들이면 안 돼? 당신의 다양한 스펙트럼이 춤 추는 것까지야 어쩔 수 없지만 상대방 말을 굴절시키지 말고 광원 (光源) 그 자체로 받아들여 봐 좀!

당신은 화려! 나는 검박! 그렇게 태어났어…! 알아?

당신은 자존심과 자존감이 둘 다 깡깡한 사람이야. 쉬운 사람 이 아니라구! 나는 그냥 물이야, 막히면 돌아가는 물! 내 자존심 을 부리면 사회와 당신, 양대 산맥에서 살아남을 수 없으니까 낮 추고 구부러지며 살았다고!! 그리고 그 실체들을 그냥 인정했다니 까??

레릿비, 레릿고, 알아? let it be, let it go 라고!"

바람 바람 바람

조금만 더 말을 시키면 아내가 차를 터널 입구에 꼬라박을 거 같았다. 아내가 힘들었다는 것인지 아니면 좋았다는 것인지 나는 도통 이해할 수가 없었지만 나는 입을 다물고 창밖을 조용히 응시하였다. 허 참, 허 참! 하는 감탄사들이 오바로크로 봉인된 자크를 열고 주둥이 밖으로 마구 튀어나오려 하는 것을 나는 간신히 억누르며 아내의 옆자리에 조용히 앉아 있었다. 꼬리를 물고 달리는 앞선 차들의 붉은 백 라이트들이 카바이트 등처럼 어지럽게 흔들렸다. 아내의 말대로 아내는 타고나기를 소박한 사람이다. 타인의 꼴에 맞춰산다. 그럼에도 불구하고 아내는 자신만의 향수를 가진 여자다. 자신의 주관과 철학이 없으면 고유한 향도 없다. 자신의 향은 방부제와 같다. 타인의 바이러스에 전염되지 않는다.

자존심은 남들에게 존중받고 싶어 하는 마음, 타인이 나를 인정해주기를 바라는 마음이다. 그렇기 때문에 이게 바라는 대로 되지 않을 때 상처받는다.

반면에 자존감은 스스로 자신을 존중한다는 뜻이다. 내가 내 마음에 든다는 말과 일맥상통한다. 그러니 남들이 나를 인정해주지 않더라도 전혀 문제 될 게 없다.

그래서 자존심이 세다고 하고 자존감은 높다고 표현한다. 자존감은 자신감에서 나온다.

자존감이 높은 사람이 성공하지 자존심이 센 사람이 성공하는 경우는 아주 드물다. 자존심을 버려야 사람들이 다가온다. 자존심은 밖으로 난 창이고 자존감은 안으로 난 창이다.

결국 인생도 자신이 주연으로 연기하는 논픽션이다.

그래서 다 자기중심적이고 자신을 핀셋으로 꼽고 지구도 돌린다. 나는 아내의 말을 인정하고 존중한다.

아내도 자신의 연극판에서 주연이기 때문이다.

또 웬만해서는 남을 향해서 비판의 칼을 들이대지 않는 아내도 나에 대한 비판만큼은 항상 가혹하고 냉정한 편이다. 그러나 시간이 지나면 아내의 의견이나 식견이 대부분 맞다. 나는 다만 그 자리에서만 깨깽 깽깽 왈왈거리고 짖을 뿐이다. 자존심 때문이다. 그러나 뒤돌아서면 언제 그랬냐는 듯 뒤끝 없이 쿨~하다. 그러니까 아내가 나를 버리지 않고 지금까지 함께 살아 주는 거다. 아내는 지나치게 객관적이다. 아내에 대한 나의 유일한 불만이다.

길 가다가 나하고 강도하고 시비가 붙으면 아내는 내 편을 들기보다는 당신은 무엇을 잘못했고 이 강도님은 무엇이 잘못되었다고 시시비비를 그 자리에서 따져 주는 사람이다. 먼저 힘을 합쳐 강도부터 때려잡고 나에게 메스(mes) 질을 하든지 해야지 어찌 그렇게 객관적일 수 있느냐고 볼멘소리로 아무리 말해도 아내에게는 소귀에 경 읽기다.

자존심과 자존감은 비슷해도 천지 차이다.

자존심은 남들에게 존중받고 싶어 하는 마음, 타인이 나를 인정해주기를 바라는 마음이다. 그렇기 때문에 이게 바라는 대로 되지 않을 때 상처받는다.

바람 바람 바람

반면에 자존감은 스스로 자신을 존중한다는 뜻이다. 내가 내 마음에 든다는 말과 일맥상통한다. 그러니 남들이 나를 나를 인정해 주지 않는다 하더라도 노 프라블럼이다.

아내는 화가 나도 겉으로 친절하고 웃음을 잃지 않는다.

항상 물처럼 상대에게 맞춰주며 사는 여자다.

비굴하지도 않고 말 하나 표정 하나 변하지 않는다.

아내는 이런 사람이다.

내 명(命)이 길면 그건 순전히 아내 덕분일 것이다.

나는 오늘부로 한 가지 사실만큼은 분명히 알게 되었다.

아내가 죽으면 '사리'가 나오고 내가 죽으면 '다마'가 나올 게 거의 확실하다.

− 삼기산 관종

상대성 원리

▽
▽
▽

"우와~! 눈이 오시네~~!
근데 세월 참 빠르지?"

오늘은 새해 1월 1일 첫날, 서설이 내리고 있다.

아내와 나는 급한 일로 서울에 올라가 하룻밤을 자고 익산으로 내려가고 있다.

하늘은 짙은 회색이고 차창 밖으로 내려 다 본 들녘은 오후 1시가 약간 지났는데도 어둠이 깔리고 있었다. 바람에 날리는 눈들은 떼를 지어 공격하는 낯선 생명체처럼 까맣고 어지럽게 날라 다녔다.

"도대체 세월이 왤케 빠른거야? 퍼떡하면 1년 가고 퍼떡하면 한 살 더 먹고 이제 떡국 같은 불량식품은 안 먹어야겠어. 학창시절에는 그렇게 시간이 안 가드만 이제 거의 내 나이 속도 보다 더 빨리 가는 거 가텨!"

  고속도로를 달리는 지금 속도가 100km, 이 정도면 제법 빠른 속도지만 시간은 이보다 훨씬 더 빨리 지나가는 것만 같다. 태어날 때와 영유아기 때를 제외하곤 내 자신이 온전하게 경험했던 모든 체험들은 아무리 쥐어짜도 단지 몇 커트의 장면으로 자신있게 기억할 수 있을 뿐 내 인생의 나머지 대부분은 한낱 재고처리된 불량품처럼 제대로 기억나지 않는다.

  치열하게 살았거나 또는 불같은 열정으로 사랑했던 적이 내 인생에 단 한 번이라도 있었던 것일까? 한때는 즉흥적이며 자유로웠던 희망과 절망의 광시곡(Rhapsodies)이 끝나가고 지금은 전혀 감동을 줄 것 같지 않은 레퀴엠(Requiem)으로 넘어가고 있는 중이다.

  시간이라는 놈은 아그레망(Agreement)도 없이 무례하게 와서 잠깐 상주하다 제멋대로 떠나버리는 난민과 하나도 다를 바 없다. 나는 가끔 이 어지러운 지구로부터 훌쩍 뛰어내려 상대성원리가 적용되지 않은 공간으로 사라지고 싶다.

"제멋대로야! 이 눈도 그렇고 시간이라는 놈도 그렇고!"

  한 살 더 먹게 된다는 거에 대해 억울해하며 투덜거리는 나를 한심한 눈초리로 빤히 쳐다보던 아내는 핸드폰을 꺼내 보여 주며 설명하기 시작한다. 근본적으로 아내는 불평분자를 가만 놔두지 않는 사람이다.

"당신, 물리적으로 세월이 얼마나 빨리 간다고 생각해?

한 번도 생각해 보지 않았지?

지구가 태양 주위를 1년에 1바퀴 도는 정도는 알고 있지? 이걸 '공전'이라고 하는데 1초당 30km 속도로 회전한다고 보면 돼. 총알 속도보다 10배 빨라. 이 속도는 서울—부산을 1분에 4번을 왕복할 수 있고 서울과 뉴욕을 1시간이면 날아갈 수 있는 속도야!

그럼 지구가 매일 매일 쉬지 않고 도는데 이걸 '자전'이라는 정도는 알고 있겠지? 근데 이 속도가 장난이 아냐!

지구의 자전은 1초당 463m 속도로 도는데 매일 낮과 밤이 바뀌는 이유가 이 자전 때문이야. 이걸 우리가 보통 '하루'라고 해. 그러니까 '세월'의 속도는 1초당 463m 속도로 흘러가는 고야!

지금 저기 지나가는 KTX 열차 있지? 저 열차의 일반 속도가 시속 300km야. 그럼 저 고속열차는 1초에 83m 속도로 달려!

우리 차의 지금 속도가 100km 속도니까 어디 보자 계산해보면 1초에 27m를 달린다고 나오네?

그럼 답이 나왔네. 당신은 워낙 숫자개념이 젬병인 사람이니까 알기 쉽게 결론을 내 줄게!"

아내의 설명은 지구의 자전하는 속도보다 더 빨랐다.

숫자 개념이 워낙 없지만 듣고 있을수록 내 입은 다물어지지 않았다. 학교 다닐 때 워낙 공부를 안 해서 자전과 공전을 항상 헷갈렸을 뿐만 아니라 썰물과 밀물이 공전 때문인지 자전 때문인지 그렇게 설명을 들었건만 자연시험만 보면 나는 거의 맡아 놓고 틀렸다.

"자, 잘 들어 봐. 그리고 당신은 운전이나 똑바로 해. 귀만 이쪽 으로 열어둬요!

결론적으로

세월은 초속 430m

KTX는 초속 83m

승용차는 초속 27m 속도로 달리는 고야!

그 속도를 비교해 보면

세월은 KTX보다 5배 빠르고 승용차보다 16배 더 빠른 거야! 자, 그럼 세월이 빨라, 안 빨라? 당신의 나이 먹는 속도보다 훨 빠르고 지금 우리가 달리고 있는 차보다 16배 빨리 가는 고야! 이 미 당신은 태어나는 그 순간부터 총알보다 더 빠른 지구라는 우 주선에 올라탔어! 지구는 70억 명의 손님을 태우고 초속 30km, 시속 1,667km로 달리고 있는 우주 비행선이라구. 이제 좀 감이 와? 그러니까 세월타령 하지 마! 불평불만 좀 그만해! 그리고 뭘 좀 알고 탱자탱자해야지… 그리고 나이 먹는 게 뭐, 어때서…? 근 사하게 늙으면 좀 좋아? 아! 갈 때 되면 가고 뒤에 오는 사람들에 게 자리도 양보하고 자연의 순환궤도를 타고 우주로 떠나면 좋잖 겠어?"

"우와~~! 정말 대단하네! 근데 우리가 왜 어지럽지 않고 왜 튕겨져 나가지 않고 있는 거지?"

나는 초등학생처럼 진지하게 물었다.

"나는 당신 투덜거리는 소리가 더 어지러워…! 자, 잘 봐봐! 지금 우리와 똑같은 속도로 우리 옆 차가 달리고 있지? 옆 차를 잘 봐봐. 지금 우리 차가 가는 거 같애, 서 있는 것 같애? 꼭 멈춰 서 있는 거 같지? 그와 똑같은 거야! 지구에 올라타 지구와 똑같은 속도로 우리가 가고 있기 때문에 그 속도감을 전혀 느끼지 못하는 고야…!

또 '중력'이라는 부분도 있는데 이 부분까지 설명하면 당신의 팝콘 뇌, 터져 죽으니까 오늘은 여기까지! 당신은 운전이나 똑바로 해요… 나 지금 어지러워지기 시작했어…!"

아내의 설명은 두부로 채워진 내 머리가 알아먹을 수 있을 정도로 일목요연했고 남들은 이미 초등학교 때 다 배운 지식을 이제야 터득하게 된 나는 신기해서 너무 놀라지 않을 수 없었다. 그래 봤자 2~3일만 지나면 이 공부도 까마득히 잊을 것이지만…

"그리고 당신에게 한 가지 당부하고 싶은 건 세월 가는 거에 대해 지나치게 관념적으로 또는 철학적 의미를 붙이지 마! 그냥 가면 가는갑다 오면 오는갑다. 그러다 때가 되면 누구나 가는갑다

바람 바람 바람

정도로 생각하고 일상적이고 평범한 것에 의미를 두고 거기에서 행복을 찾도록 노력해봐. '소확행'이라는 말도 있잖아…!"

"여픈! 한 가지만 더 물어봐도 돼? 혹시 상대성 이론에 대해 알고 있어?"

얼마 전부터 남픈으로 부르는 아내의 야코를 죽이기 위해 호칭을 슬쩍 바꿔 부르며 핼쑥해진 아내의 얼굴을 힐끗 쳐다봤다. 새침해진 아내는 엿이나 드세요 라는 표정으로 대구조차 하지 않았다.

"상대성 원리라면 자신 있게 내가 설명해 주지…!

당신을 옆자리에 앉히고 내가 지금 두 시간째 운전하고 있어… 엉덩이도 아프고 지루하고 좀이 쑤시고 지금 복합적 피로감이 몰려오기 시작했어…!

그런데 만약에… 만약에 말야…! 이건 만약을 두고 하는 말야… 절대 오해하지마…! 만약에 상대를 바꿔 내가 진~짜 좋아하는 이쁜 여자를 옆에 앉혀 놓고 가면 사정이 어떨까? 피곤할까 피곤하지 않을까? 아마 기분이 업되고 들떠서 서울 익산 간 거리감이 아마 1시간도 채 걸리지 않을껄…? 그~래! 그게 바로 상대성 원리라는 거야… 어때 알기 쉽지? 설명은 이렇게 쉽게 하는 거야! 인생이 뭐 별거 있어?"

"아이고 어지러워라…!"
아내는 자신의 머리를 창문에 기댄 채 쓰러져버렸다.
나는 아내를 한 방에 보내버렸다.

- 삼기산 아인슈타인

바람 바람 바람

어머니의 임종

▽
▽
▽

　지난주에 우리 장모님, 아니 나의 어머님이 돌아가셨습니다.

　21년을 함께 살았습니다. 함께 살아온 21년은 우리 가족에게는 축복이었고 나에게는 은혜였습니다.

　장례를 치르고 집에 돌아온 그날 밤, 나는 어머니 방에 들어가 이불에 얼굴을 파묻고 펑펑 울었습니다. 나중에는 어린아이처럼 큰 소리로 엉엉 울었습니다. 이렇게 우리 곁을 일찍 떠나가실 줄은 꿈에도 생각하지 못했습니다.

　어머니는 항상 깨끗하고 청아하셨습니다.

　백 살을 코앞에 둔 오십오일 째 되는 날, 어머니는 곡기를 끊었습니다. 자신의 의지로 대소변을 가누지 못하게 되자 상을 물리셨습니다.

　하늘에서 소천하려나 보다 생각했지만, 막상 떠나시자 그 큰 공허함은 울어서 텅 빈 매미껍질 같은 것이었습니다.

딸만 둘이었던 우리 부부에게 어머니는 아들을 점지해 주셨습니다. 하나님께서 주시려 하니 "낳아라!" 명령하셨습니다.

우리는 순종했고 아들을 얻었습니다.

어머니는 바쁜 우리 내외를 대신해서 아들을 키워 주시고 새벽마다 가족을 위해 또 당신의 모든 지인들의 이름을 거명하며 통성 기도를 하셨습니다.

아파트에 함께 살다가 삼기로 이사를 결정하고 주택을 지을 때였습니다. 신축 중인 구조물 내부로 어머니를 모시고 들어 왔습니다.

"어머니! 여기 방들 중에 제일 맘에 드는 방을 골라주세요."라고 말씀드리자 어머니는 2층 햇볕이 잘 드는 방 하나를 수줍게 고르셨습니다.

나는 그 방에다 목욕실과 화장실을 따로 만들었습니다. 나이 드시면 거동이 불편하실 걸 감안했습니다. 꼭 호텔 방 같아서 좋아 보였습니다.

어머니는 삼기에 오셔서 호박 농사도 지으시고 부추도 심으셨습니다. 땅의 지력과 하늘의 햇빛을 받아야 건강하게 사실 수 있다고 말씀드렸기 때문입니다.

어머니는 평생 걱정 없이 사셨습니다.

아니, 걱정할 필요가 없다고 생각하셨습니다.

어머니의 하나님께서 다 알아서 해 주시기 때문입니다.

어머니는 마흔다섯에 막내딸을 보시고 쉰에 남편을 여의셨습니다. 부끄러워서 숨어서 낳았다는 막내딸이 어느덧 쉰다섯입니다. 마흔다섯에 낳은 딸과 이렇게 오래도록 함께 살 줄 누가 알았겠습니까!

마흔다섯에라도 막내딸을 낳지 않았더라면 나는 내 아내를 결코 만나지 못했을 것입니다. 통이 대통이요, 인간적으로는 대인배이셨던 어머니는 대형 도매 유통업을 운영하셨습니다. 큰딸과 더불어 경영하시다가 일흔아홉에 사회생활을 접으셨습니다.

'호호 할머니' 같았던 우리 어머니는 유머도 많으셨고 밀당의 귀재였습니다. 항상 긍정적이셨으며 불평하거나 남을 원망하는 소리를 단 한 번도 하신 적이 없었습니다. 교회에 헌신하셨고 하나님께 평생 순종하셨습니다.

한 번 하기도 어려운 구약과 신약성서를 평생 세 번 필사하셨습니다. 통성으로 읽으시며 돋보기로 한 자 한 자 필사하셨습니다. 마치 숭고한 구도자와 같았습니다.

그 모습은 우리 모두를 숙연하게 하였으며 우리 아이들에게는 따로 가르치지 않아도 산교육이 되었습니다.

살아생전 어머니는 차멀미가 심하셔서 여행을 다니지 못하셨다고 말씀하셨습니다. 이대로 죽으면 집강아지로 태어날지 모른다고 우려하셨습니다.

그 길로 나가 좋은 차로 바꿨습니다.

어머니를 조수석에 편안히 앉혀 드리고 가족들은 뒷좌석에 몰아넣고 전국을 다녔습니다.

김대중 대통령 생가도 가고 굴곡진 외도도 다녀왔습니다. 불국사도 가고 강릉 경포대도 다녀왔습니다.

여러 곳을 여행하자면 다리가 불편하실 어머님을 위해 익산 웰빙 정형외과 나범수 원장에게서 휠체어를 빌렸습니다. 트렁크에 싣고 다녔습니다.

아들이 보고 딸들이 보고 특히 아내가 다 봤습니다.

매년 여름 휴가철을 이용해 다닐만한 곳은 다 다녀왔습니다. 땀을 뻘뻘 흘리며 휠체어를 밀며 어머니와 전국 팔도를 다녔습니다.

옛말 틀린 것 하나 없습니다.

왕대밭에서 왕대 나고 효자 밑에서 효자 납니다.

나는 효자가 아닙니다. 못해 드린 것투성이기 때문입니다.

하지만 아들은 '왕대'인 거 같습니다. 체중이 백 킬로가 넘으면 왕대 아닌가요?

세상에 공짜 없다드만요…!

어머니는 우리 가족에게 말씀이 아닌 몸으로 보여 주셨습니다.

우리는 어머니를 모시지 아니하였습니다.

어머니와 함께 산 21년은 은혜였으며 축복 그 자체였기 때문입니다.

"대장, 고마워!"

돌아가실 즈음에 어머니께서 제게 하신 말씀입니다. 한 바가지 눈물을 쏟지 않고서는 나는 어머니라는 세 글자를 부르지 못합니다.

어머니를 모시면서 아내는 평생 삼시세끼 따순 밥을 올려드렸습니다. 여행을 가려 해도 어머니가 걸려서 아내는 못 갔고, 영화를 보다가도 어머니가 걸렸고 나다녀도 어머니가 신경 쓰였습니다. 그런 아내가 나는 너무나 고맙고 감사합니다. 친정어머니 시어머니가 어디 따로 있을까요! 그분들도 한때 자신들의 연극판에서 주인공이셨고 화려하고 아름다운 시절이 있지 않았을까요? 단지 지금 외롭고 혼잔데 자식들이 돌보지 않는다면 누가 이들을 보살필 수 있을까요! 아프리카 속담에 노인이 한 사람 죽으면 도서관 하나가 불탄다는 말이 있듯이 노인은 그 자체가 도서관입니다. 기를 살려 드리고 기쁘게 해 드리면 책이 나오고 지혜가 쏟아집니다. 가족 화목의 원천수가 될 수 있습니다.

돌아가시기 두어 달 전부터 소변을 가리시지 못하시자 어머니는 수치스러워했습니다.

기억은 멀쩡한데 소변이 문제였습니다. 요양 병원에 모셔야 되지 않겠느냐고 아내가 조심스럽게 말했을 때, 안된다고 했습니다. 똥을 싸셔도 의식이 있는 한 요양 병원에는 절대 모실 수 없다고 했습니다.

내가 달리 효성이 있어서가 아니라 가족의 힘으로 사시는 어머니를 외롭고 고독하게 가시게 할 수 없었기 때문입니다. 무엇보다도 어머니의 공백을 내 자신이 두려워하고 있었으며 어머니 없는 집은 상상하기도 싫었습니다.

하지만 이내 대소변을 못 가리는 상황이 와 버렸습니다. 아내는 불평 한마디 짜증 한 번 안 내고 그 수발을 다 했습니다.

그러나 처음 겪는 일이고 아내의 힘만으로는 감당하기 어려워졌습니다. 문제는 곡기를 끊으신 지 열흘째가 되었기 때문입니다. 어머님 호흡 상태가 좋지 않았고 수면 상태로 계셨을 때가 더 많았습니다.

의식이 있을 때는 가슴이 아프다고 호소하셨습니다. 할 수 없이 병원으로 모실 수밖에 없었습니다. 꼬박 일주일을 병원에 계셨습니다. 의식이 돌아오는 순간 큰소리로 어머니께 외쳤습니다.

"어머니, 고마워요!"
"정말, 고마워요!"
하고 소리치자 어머니는 가늘게 말씀하셨습니다.

"다, 하나님의 은혜여~"라고…
가늘게 말씀하셨습니다.
그 길로 가셨습니다.

바람 바람 바람

편안한 얼굴로 가셨습니다.

신(神)이 되어 가셨습니다.

하늘나라로 들어가셨습니다.

하지만

너무 일찍 가셨습니다.

어머니를 '추모의 집'에 모시고 돌아온 다음 날, 우리 방을 어머니 방으로 옮겼습니다. 텅 비어있는 어머니 방이 너무 허전하고 쓸쓸했기 때문입니다. 외출하고 들어오면 습관처럼 그 방으로 들어가게 되고 식탁에 앉아 있으면 빠꼼히 고개를 내미시고 나를 보고 있는 것만 같았습니다.

나는 어머니를 보내고 싶지 않습니다.

침대며 가구를 다 옮기고 나자 아늑하고 근사했습니다.

"여보! 좋지? 우리는 매일 밤 모텔 가네?"

라고 말하자 아내가 말했습니다.

"오늘밤, 자신 있어?"

"웁스(oops)…!"

– 삼기산 불효자

허언증

▽
▽
▽

"당신은 자기 확신이 너무 강해서 문제야!

모든 사람이 자기 같은 줄 알고 너무 쉽게 믿고 의심할 줄 몰라! 그게 당신의 병이야!

당신은 한 사람을 너무 오랫동안 믿었고 단 한 번도 달아보지 않는 게 잘못이야!"

영화가 끝나자마자 아내가 내게 한 말이다.

김장을 일찍 끝마친 아내가 무슨 까닭인지 영화를 한 편 보잔다. 다운받은 영화라며 틀기 시작한다. 제목을 보니 〈리플리〉라는 영화다. 맷 데이먼 주연의 오래전에 상영된 영화다. 고등학교 때 심장이 쫄깃거리며 본 알랭 드롱 주연 〈태양은 가득히〉라는 영화와 비슷한 내용이었다.

이 영화는 원래 페트리샤 하이스미스의 소설을 원작으로 만든 영화인데 주인공 리플리는 야망이 높고 머리도 좋지만, 도덕관념이 부족하고 폭력성이 있는 청년이다. 호텔 종업원인 그는 사교계 명사인 친구를 살해하고 그의 신분으로 인생을 즐기게 된다. 결국 신분이 탄로 날까 봐 연쇄살인을 하게 되고 마지막은 스스로 유폐되는 것을 암시하면서 영화는 끝을 맺는다.

"속인 놈이 잘못이지 믿어 준 사람이 잘못인가!"
볼멘소리로 말하자 내 말에는 대구도 안 한 채 아내는 영화 속으로 다시 들어간다.

"당신도 알다시피 저 영화 속 주인공 리플리를 본따 리플리 현상이라는 용어가 유래 되었어. 리플리 현상은 일종의 인지부조화나 확증편향증과 같은건데 이런 증상은 누구에게나 나타날 수 있는 현상이야. 잘못된 선택을 하고 그 선택은 어쩔 수 없는 불가피한 선택이었으며 그 결정이 옳다고 믿는 자기합리화를 말해."

영화를 보자는 아내의 의도는 다분히 의도적이었다는 것을 나는 금방 알아차렸다. 커피잔을 조용히 내려놓으면서 아내는 다시 말을 이어 나갔다.

"남자들이 담배를 못 끊는 것도 마찬가지야. 담배를 피우는 것이 백해무익인데도 불구하고 그것을 끊지 못하는 사람들은 안 피워서 스트레스받는 것보다 피워서 정신적 안정감을 찾는 게 오히려 몸에 좋다는 식으로 자신을 합리화시키며 계속 담배를 피우게 돼.

잘못됐으면 잘못되었다는 점을 인정하고 그 갈등구조 속에서 빠져나와야 하는데 진실을 외면하고 변명할 구실을 찾고 그 잘못을 정당화하고 합리화시키려 하기 때문에 근본적 해결점을 찾지 못하게 되는 거지!

당신의 개똥철학인 의인불용 용인불의(疑人不用 用人不疑)라는 말도 근사해 보이지만 따지고 보면 보고 싶은 건만 보고 믿고 싶은 건만 믿는다는 말과 별로 다를 바 없고 굉장히 위험한 신념이야.

의심한다는 건 결코 나쁜 게 아니야! 합리적인 의심이 뭐가 나빠?

사람을 믿지 말고 저울을 믿으라는 말도 있잖아?"

아내의 목소리는 차분했지만 감정을 조절하고 있다는 것을 옆에서도 느낄 수 있었다.

"근데 당신 이거 알아?

내가 정말 용서할 수 없는 건 최근 당신에게 사기 친 그 환자 이야기야.

듣기 싫겠지만 들어봐!

당신 허언증이 뭔지 알아?

아까 말한 리플리 현상이나 인지부조화 또는 확증편향증, 이런 것을 통틀어서 허언증이라고 하는 데, 단적으로 자신이 말한 거짓말을 자신도 모르게 사실로 믿어 버리는 증상을 말해.

더 심각한 것은 이 허언증 환자는 자기가 한 거짓말에 대해 죄책감을 전혀 느끼지 못한다는 데 문제가 있어.

요즘 흔히 말하는 '싸이코패스'도 이와 유사한 인간들이야.

이 사람들도 결국 반사회적 인격 장애자들이야!

이게 얼마나 무서운 병인 줄 알아?

이 사기꾼들은 숨 쉬는 것 빼고 다 거짓말이야.

사기꾼들도 현실과 욕망의 차이를 거짓말로 극복하면서 그 거짓말을 사실로 믿어 버리는 사람들이야. 결국 자기 자신이 사기를 치고 있다는 사실을 인지하지 못하고, 인지하지 못하니까 죄책감도 느끼지 못하고 반복해서 계속 거짓말을 하다가 결국 쇠고랑을 차게 되는 거야!"

오랫동안 마음속에 묻어 두었던 이야기를 한꺼번에 쏟아 내고 아내는 잠시 숨을 고른다.

초저녁까지만 해도 김장김치에 보쌈을 싸서 상냥하게 입에 넣어 주던 아내는 온데간데없어졌다. 나는 아내가 갑자기 두려워지기 시작했다.

내 얼굴을 힐끗 한 번 쳐다보던 아내는 말을 다시 이어갔다.

"당신 허언증 가진 사람들의 특징이 어떤지 알아?

우선 말이 청산유수야.

그리고 말을 아주 실감나게 하고 굉장히 사실적이라는 점이야!

당신, 세상에서 제일 나쁜 놈이 어떤 사람이라고 생각해?

도둑놈? 아니야!

강도? 강도도 아니야!

그 사람들은 모르는 사람을 상대로 해악질하는 작자들이야!

세상에서 제일 무섭고 나쁜 놈은 남을 속이는 사람이야!

이들은 자신이 알고 있는 사람을 속이는 거야!

자기 목적을 위해 아는 사람, 친한 사람의 마음을 훔치고 정신을 빼앗는 자들이야!

그래서 거짓말쟁이 사기꾼이 제일 나쁜 거야.

거짓말은 크고 작은 것이 따로 없고 횟수가 중요한 것도 아니야.

단 한 번이라도 진실을 숨기고 상대방을 속인 것이라면 무조건 나빠!

절대 악과 같은 거야.

그렇기 때문에 단 한 번의 거짓말도 묵과해서는 안 돼!

그 이유는 한 번 거짓말하기 시작하면 다음 거짓말로 덮을 수밖에 없고 이게 습관이 되면 중독이 되고 허언증이 되는고야! 중독되면 죄책감도 전혀 느끼지 못하는 큰 사기꾼이 돼버려!"

"당신, 말이 너무 심한 거 아냐? 내가 언제 거짓말을 했다고 내 눈을 빤히 보고 말하는 거야?"

거짓말하다 들킨 학생처럼 정색을 하고 말하자 아내는 잠시 핸드폰을 만지작거렸다.

"당신 그거 알아? 당신은 사람을 잘 믿는 게 흠이지만 당신은 거짓말하는 사람은 결코 아니야. 당신이 허언증 환자라면 나는 당신하고 퍼얼써 갈라섰어!

당신이나 나나 착하고 열심히 살아왔기 때문에 그나마 우리 애들이 다 착하고 잘 된 고야.

그런 점에서 나는 당신을 믿고 지금껏 사랑해 왔어!"

자신의 말이 지나쳤다고 생각이 들었는지 아내는 말꼬리를 살짝 돌렸다.

아내의 말은 가슴을 후벼 팠지만, 이런 말을 하는 아내도 내상(內傷)을 크게 입었을 거라 생각하니 마음이 아팠다.

아내는 부드럽지만 강단 있는 여자다.

내 어깨에 감았던 손을 풀고 아내는 찻잔을 들고 주방으로 들어간다.

나는 아내가 무슨 말을 하고 있는지 잘 안다.

나의 판단착오로 아내는 적지 않은 상처를 받았을 것이다. 하지만 아내는 잔소리하는 여자가 아니다.

십 년 가까이 만난 A가 있었다.

나는 토지개발이 한창 진행 중인 대도시에 A와 함께 건물을 하나 소유하고 있었다. 대지면적 1,200평에 지하 1층 지상 6층 연건평 3천 평(각 층 500평) 크기이니 결코 작은 건물이 아니다. 소유지

분은 반반이었고 A를 법인 대표이사로 하고 법인 이름으로 등기가 된 건물이었다.

어느 날, A는 그 건물을 팔자고 제안했다.

이태 전, 2월 초쯤이다. 그리고 한 달 뒤 3월 4일, 건물을 매각하게 됐다며 계약금을 받아 왔다. 잔금은 다음 달에 건물 매수인이 통장으로 입금해주기로 했다고 A는 말했다. 건물을 인수해 간 매수인에게 확인해보니 사실과 다름없다고 말한다.

매수인의 여자친구가 우리 건물의 매각을 중개했고 그 건물 4층을 통째로 사용하고 있는 사람이었으며 나도 어느 정도 잘 알고 있는 착한 여자였다. 건물을 매수해간 사람은 자신과는 초등학교 때부터 잘 알고 지내는 금수저 집안의 아주 성실하고 착한 사람이니 걱정하지 않으셔도 된다며 장담한다.

그런데 한 달이 가고 두 달이 지나도 잔금이 들어오지 않는다. 재차 확인하자 매수인이 자기 건물 여러 개 중 하나가 팔리면 드리겠노라며 조금만 더 기다려 달라고 요청한다.

다른 몇 개의 사업도 A와 함께 공동 운영하고 있던 나는 A와 매수인을 호출했다.

건물을 이전해가고 잔금을 지금까지 주지 않는 것은 법적으로 문제가 되고 인간적으로 관계가 불편해질 수 있으니 수일 내 아퀴지으라고 독촉했다. 중언부언 말속에 쓸 말 없다고 매수인의 변명에 결국 입씨름까지 가는 상황이 되었다. 그런데 특이한 일은 계약 당사자인 A는 계속 침묵만 지키고 앉아 있었다. 나와 함께 매수인을 재촉해야 하는데 누구의 편도 들지 않는 A가 이상하고 꽤 씸했지만 나는 매수인 채근에 집중한다고 지나쳤다. 조금만 더 기 다려 달라는 매수인의 요구를 받아들일 수밖에 없었다.

그리고 조속히 마무리해야 한다고 말하며 우리는 커피숍을 나 왔다.

천망회회 소이불루(天網恢恢 疏而不漏)!

하늘에 있는 망은 크고 엉성해 보이지만 결코 그물에서 새어 나갈 수 없다는 뜻이다. 악행은 저지르면 언젠가 반드시 벌을 받 게 된다는 뜻이다.

그해 12월, A와 매수인은 두 사람 간의 개인적인 어음 문제로 크게 다투게 되었다. 그 다음 날 매수인으로 부터 만나자는 연락 이 왔다.

"사실, 계약은 3월이 아니라 1월 중순에 계약치고 계약금은 그 때 A의 통장에 입금시켰습니다. 그리고 3월 4일은 계약 친 날이 아니라 마지막 잔금을 다 넘겨 드린 날…."

"왜, 그런 거짓말을 했습니까?"

나는 그의 말을 댕강 자르고 성급하게 물었다.

"같은 사업하는 입장에서 선의의 거짓말을 하고 말았습니다. 사 장님의 돈은 4월 달에 나오면 자기가 따로 드릴 테니 잔금이 남아 있는 것처럼 한 달만 비밀로 해 달라고 A가 하도 사정하기에 어쩔 수 없이 거짓말을 하게 된 것입니다."

그는 마치 남의 이야기를 전달하는 사람처럼 무표정하게 말했다.

그 건물의 매각 대금은 총 100억 원이 넘었다. 10억 원을 잘못 말한 게 아니다.

"거짓말도 선의의 거짓말이라는 게 있습니까? 그 의도가 아무리 선하다 해도 피해자가 생겼는데도 말입니까? 한 번도 아닌 여러 번을, 그것도 오랜 시간 동안 상대방을 속이는 잘못을 선의의 거짓말이라고 포장할 수 있는 것입니까?"

"어쩔 수 없었습니다. 그리고 제가 석산에 대한 지식이 없기 때문에 A와 함께 갈 수밖에 없습니다."

그는 유대 총독 본디오 빌라도처럼 어쩔 수 없다고 말했다. 예수를 십자가에 처형한 것은 자신이 아니라 유대인들의 요청 때문이었다고 말한 빌라도의 변명으로밖엔 들리지 않았다. 진실인 예수를 버리는 대신에 거짓인 바라바를 선택한 유대인들과 그는 하나도 다르지 않았다. 악마의 속삭임에 동조하고 진실과 정의를 외면한 그의 얼굴에는 미안함도 죄책감도 전혀 보이지 않았다.

A에게 전화하자 전화를 받지 않았다.

머리가 비상한 A는 그즈음에 나와 껄끄러운 관계를 이미 설정해버린 뒤였다. 내 전화를 받지 않아도 나중에 변명할 수 있는 꺼리를 만들어 놓고 잠수했다는 것을 그때야 깨달았다. 잔금을 독촉하는 자리에서 A가 계속 침묵을 지키고 있었던 이유가 이해가 되었다.

며칠 뒤, 자신을 빼고 그 매수자를 만나고 다닌다고 내가 의리 없는 사람이라는 말이 돌아왔다. 요즘 조폭들도 용도 폐기한 의리였다. 원인 제공에 대한 잘못은 사라지고 잘못된 결과를 해결하기 위해 동분서주하는 나에게 섭섭하다는 소리가 돌아왔다.

한참 뒤에 만난 A는 역시 그답게 죄책감을 전혀 가지고 있지 않았고 장광설과 딴죽으로 말꼬리를 돌릴 뿐이었다. 나의 질책에 횡설수설과 괴상한 논리로 변명을 늘어놓았다. 어떤 이유에서든 거짓말을 하고 남을 속이는 행동은 크나큰 죄업이다. 불교나 기독교 규율과 십계명에 공통으로 나오는 계율이다. 그런데도 A는 지금까지 죄송하다 잘못했다고 단 한 번도 나에게 언급하지 않았다.

아내의 예측과 진단은 정확히 들어맞았다.

A는 허언증 환자였던 것이다.

인지부조화의 계기판이 고장 난 사람이었다.

자신의 허구를 진실로 믿고 사는 사람이었고 허구의 땅 위에 카드 집을 짓고 사는 인간이었다. 거짓말도 충분히 자주하면 진실이 된다는 진리를 그는 충실히 수행하는 사람이었다.

바닷물을 마시면 죽는다는 사실을 뻔히 알면서도 우선 갈증을 식히기 위해 바닷물을 들이키는 사람이 A였고 거짓의 씨를 한 알만 뿌려도 독버섯처럼 자라고 이것이 결국 자신의 목을 찌르는 비수가 되어 돌아온다는 단순한 진리를 A는 외면하고 살아온 것이다.

나는 A를 용서해주고 싶었다.

착한 사마리아인 코스프레 하는 그가 불쌍했고 마음 약한 가롯유다처럼 떨고 있는 그가 안타까웠다.

그가 말한 숱한 거짓말 중에 단 한 번만이라도 자신을 뉘우치고 개과천선(改過遷善)한다면 그 용서가 나에겐 그리 어려운 일도 아니었다. 그리고 하늘의 기록은 인간의 용서로 지워지는 것도 아니다.

내가 십육 일 동안 자전거로 전국을 단독 일주하게 된 것도 본래의 목적과 다른 인간관계에 대한 성찰에서 시작한 고행(苦行)이기도 했다.

진실은 연착하는 기차와 같다. 늦게 올 수 있지만 반드시 오게 되어 있다. 이 진실 하나만 뼈에 새겨놔도 후회 없는 결정을 하고 살 텐데 안타깝다.

인생은 짧고 고통은 길다는 사실을 A는 뒤늦게 깨닫게 될 것

바람 바람 바람

이다.

실수나 실패는 누구나 할 수 있다.

최선을 다해 열심히 해도 망할 수 있는 게 사업이다.

하지만 한 인간으로서 하늘의 뜻을 거스르지 않는 최선(最善)을 다하면 된다. 그 결과는 내 뜻이 아니다. 진인사대천명(盡人事待天命)이다.

설거지를 마치고 돌아온 아내는 침대에 누우며 한마디 덧붙인다.

"허언증 환자는 자기가 말한 거짓말에 대한 가책이나 죄의식을 전혀 갖고 있지 않아. 그렇기 때문에, 거짓말 탐지기에도 노출되지 않는다는 거 당신 알고 있어?"

아내는 나에게 등을 돌리고 돌아누웠다.

오늘따라 아내의 몸은 깃털처럼 가볍고 더 작아 보였다.

하지만 나는 안다.

아내는 내 몸무게로는 감당할 수 없는 영혼의 무게를 가지고 있다는 사실을.

"초라한 현실보다 멋진 거짓이 낫다"고 영화에서 리플리는 말한다. 리플리의 말처럼 사람들은 자기가 다 착한 줄 안다.

"인간은 자신의 삶이 부조리하지 않다고 스스로 설득하면서 생을 보내는 동물이다."

알베르 까뮈는 이 말을 남겨 두고 어린 왕자의 별로 야반도주하고 말았다.

몇 년 전 비바람이 세차게 몰아치는 어느 날 밤, 해남 바닷가 절벽에 차를 주차시키고 엑셀러레이터에 발을 올려놓은 적도 있었다. 아내는 모르는 이야기다. 다 지나간 추억이고 나의 도서관에 들어앉은 장서(藏書)들 중 한 권일 뿐이다.

바람이 분다.
내일은 아내에게 털장갑을 하나 사 줘야겠다.

– 삼기산 천망(天網)